U0503658

大国小镇

探访 21 个中国经济新引擎

高兴　主编

本书编委会　编

上海人民出版社

本书编委会

编委会主任
何继良

编委会副主任
张　桑

主　编
高　兴

编委会成员
许　明　管　竞　卞英豪　周安娜

目　录

序：讲好大时代的"小"故事

张　桑

2020 年，东方网一群年轻的记者背着行囊、拿着核酸检测报告奔赴大江南北，历时大半年，用文字和镜头真实记录了这些小镇在中国改革开放和经济腾飞过程中如何不懈奋斗，最终在全球化产业链中占有一席之地甚至成为行业内的"隐形冠军"，同时当地百姓也脱离贫困过上了小康生活的励志故事。一路走来，他们发回了 42 篇图文报道，21 个视频，6 场直播带货，在互联网上引起了很大反响。

一年后的今天，我们将这组题为"了不起的小镇"的系列报道精编成册，一则是传播的延续，让陆续刊发的碎片化文字通过书籍的方式完整呈现，再次强化表达报道意图，另一方面也是为了沉淀编辑部在这组报道策划、执行、传播组织中的思考和实践，为进一步创新互联网重大主题报道蓄力。

创新始于策划

2020 年注定是中国历史上具有里程碑意义的一年。早在党的十八大，党中央就明确 2020 年中国要全面建成小康社会，实现第一个百年奋斗目标。在脱贫攻坚、实现小康最后冲刺阶段，如何用我们的报道记录并向世界讲好中国大地上发生的翻天覆地的变化、人民的获得感和幸福感的故事，东方网"纵相新闻"编辑部从 2019 年底就开始密集策划。

重大主题报道最难的就是策划，尤其是在众说纷纭的互联网传播时代，好的策划往往能让重大主题报道成功一半。

策划之难，首先在于重大主题报道是同题竞争。脱贫攻坚、实现小康对中华民族的重要性决定了 2020 年国内所有主流媒体都会倾尽全力、各斗巧思、浓墨重彩做好这一重大主题报道。面对可以预见的海量同题报道，我们的作品如何被受众"看见"，进而被受众"选择"，成为策划的核心诉求。

在全面建成小康社会的大图景中，"纵相新闻"并没有追求宏大叙事，而从选题伊始就凸显匠心，务求小切口、有趣味、差异性。大量阅读相关政策文件的过程中，编辑部特别关注到"特色小镇"建设被置于重要地位。一大批并没有特殊资源禀赋，却靠人民的勤劳、智慧走出一条实业振兴乡村成功之路的特色产业小镇，他们的故事为改革开放以来中国乡村前赴后继摆脱贫困、勤劳致富提供了有说服力、有感染力、可借鉴学习的生动样本。我们希望可以用自己的报道，从过去、现在与将来三个时间维度，从数据、故事与经验入手，深入挖掘产业特色小镇的成功密码。"了不起的小镇"系列报道在编辑部不断打磨中逐渐策划成型，与此同时，"纵相新闻"所有参与策划的记者编辑的认知中，"脱贫""小康"已不仅仅是自上而下的宣传任务，更是有趣的、有意思的、值得向更多人传播的新闻选题。事实证明，策划过程中编辑部上下达成价值认同，为后续做好报道提供了动力保证。

报道选取的小镇立足两个标准：其一是"中国制造"，其二是"了不起"。"了不起的小镇"的报道足迹，由第一季的长三角地区、第二季的中国北方地区，以及第三季的环渤海、湖南、福建、珠三角地区。成为主角的小镇均专注一项实体产业，且各个"身怀绝技"。从提琴产量占世界总量 30%的江苏泰兴黄桥镇、成品伞年产量占全球四分之一的福建晋江东石镇，到包揽全球近 50%灯饰产品的广东中山古镇镇、占据全球打火机产量 70%的湖南邵东县……这些傲人的数据既点题"了不起"，也让故事有看头、话题有趣味。

创新成于执行

2020 年初，正当采编团队初步完成了长三角地区 3 个小镇的采访，信心满满准备春节过后大展拳脚的时候，突如其来的新冠肺炎疫情袭来。武汉封城，各地医疗资源驰援湖北。东方网如其他媒体一样，全员投入到打赢疫情防控阻击战的报道中，"了不起的小镇"报道方案被暂时搁置。待到 4 月，武汉解封，全国疫情防控阻击战取得重大战略成果，"了不起的小镇"系列报道被再次提上议事日程。

要不要现场采访？这在当时是个严肃的选择。小镇纵横南北，各地零星病例时有发生，严格防疫措施下人员流动仍有困难，组织大规模跨地域采访报道是否会干扰当地的疫情防控，是否会将记者置于疫情风险之中，现实的困难摆在眼前。但很快，编辑部就有了答案。到现场去听、去看、去拍，是确保新闻报道真实性的刚需，而真实是所有新闻报道最重要的力量，重大主题报道更需要用真实赢得认同。

"了不起的小镇"一组 42 篇报道，是东方网"纵相新闻"记者"背起行囊，拿着核酸检测报告"一路走出来的，在行走、观察和交流后，记者有了更多分享的欲望，报道思路被逐步打开，报道视角逐渐深入，报道方案在推进中不断优化调整。"了不起的小镇"报道由预设的一个小镇一篇报道，最终扩容至一个小镇一篇小镇故事、一篇人物特写。

在小镇故事中，记者着力挖掘小镇经济的成长推力，例如大朗镇组织企业以"大朗毛织"为统一标识出海、永年县专门成立标准件产业发展管理委员会、邵东县投入运营智能制造技术研究院等，写的是地方政府如何担当"超级服务员"。在人物故事中，记者用心捕捉动人细节，如制砚艺术大师柳新祥耗时 10 年、用废刻刀 6000 余把、使用配件 10000 余件方才完成世界最大的"鼓形端砚"；在客户定制的产品出厂前，欣瞳汇睫毛厂老总"钢铁直男"陈春杰总要亲自试戴一下……用心的报道方能共情。个体创业者的勤劳、专注和传承，为小镇的"了不起"寻找到又一层注解。

创新归于初心

"了不起的小镇"系列报道从策划到完成历时一年。东方网公司上下在财力物力上鼎力支持，"纵相新闻"十多名记者编辑全体参与，务求讲好大时代的"小"故事。

他们大多生长于大城市，有相当一部分有海外求学经历，日常工作中有的专注于国际新闻，有的承担着社会热点报道任务。在此之前，他们对于中国乡村、改革开放中华丽变身的产业小镇完全陌生。为了做好系列报道，他们做了大量案头准备工作，通过电话、网络与被采访对象充分沟通，力求在疫情防控下，在尽可能短的时间内高效、高质量地完成采访拍摄任务。

采访中记者发现，这些产业特色小镇几乎都在电商平台开设了自己的网店。在百行百业大力推动复工复产复市的大背景下，小镇网店也在勉力自救。信息反馈到编辑部后，我们再次调整既定方案，在当地政府、企业的支持下，派出主持人和直播工作团队，二赴小镇，推出了 6 场直播带货，让重大主题报道带上几分烟火气、更添几分柔软温度。采访归来，记者们的朋友圈里多了几个乡村企业家、小镇官员，有些来上海参访学习也会特意联系"纵相新闻"记者，见个面、聊聊天。从重大政治事件的旁观者到参与者，"了不起的小镇"系列报道让我们擦亮了媒体人的初心。

重大主题报道的终极追求是价值认同。在结束了全部采访报道后，《了不起的小镇》以三篇综述稿作结，分别从"工匠精神""政府支撑"和"科技创新"角度总结了产业特色小镇之所以"了不起"的底气。如"父亲创业到现在，30 余年间，我们只做了罐头这一件事"的表述，深深打动读者的心；松伟照明董事长谢伟 12 年前去意大利看展被怀疑"在抄袭"，而今"再去意大利的展会，可以看到至少有几家国外的企业抄袭我们中国的灯饰设计"，让人为之自豪；从小镇走出来的十八子集团携手中国工程院院士设立工作站，针对高性能刀剪材料及其先进装备技术开展研发，令我们对"中国制造"的未来充满信心。"了不起的小镇"通过深入一线提炼出的"成功密码"，让全面建成小康社会背后的党和国家的战略布局更有说服力。

当媒体走进互联网时代，新闻报道的介质、手段、表达形式被不断创新，日渐丰富。受众的需求被不断放大，成为影响媒体内容生产的重要因素。重大主题报道如何在"娱乐至死"的互联网上被大众"看到"、被用户"选择"，所谓创新是迎合还是引领，东方网·纵相新闻以自己的实践写出了一份答案。未必十分精彩，但已超出预期。

（作者系东方网党委委员、常务副总编）

中国小家电之乡——周巷镇

"中国小家电硅谷"，
从贴牌到创牌

东方网·纵相新闻记者
马旭　许明　蔡黄浩　汪鹏翀

　　走进宁波慈溪小家电创新设计研究院，映入眼帘的装修极其简约。几张米白色办公桌，桌上零散摆着电脑与螺丝刀等办公用品，墙上唯一的装饰是几十个长方形色块。

　　总工程师郭斌说："这本来是对照色差的工具，后来被我们摆上了墙作

慈溪小家电智造小镇（蔡黄浩　摄）

小家电加工车间内，一台台机器正在运转（汪鹏翀　摄）

装饰。"简单与务实是这里最大的特点，也是整个慈溪市周巷镇的基调。

"虽然周巷镇已成为世界最大的电熨斗与电吹风生产基地，但自主品牌的建设还有待提高。"周巷镇党委委员陆央波强调，"这也是我们引进研究院的目的，期望能从'制造'走向'智造'，打造我们'中国小家电硅谷'的大梦想。"

"制造"

周巷镇素有"中国小家电之乡"的美誉。

"20世纪70年代，我们这里主要是家庭作坊式的生产模式，替上海一些国企做零件代工。经过几代人的努力，现在周巷镇不仅已成为全国重要的小家电生产基地和配套中心，企业也开始从贴牌走向创牌。"陆央波介绍。

据了解，周巷镇目前是电熨斗、电吹风、取暖器等多个细分行业的"全国冠军"，同时也是"世界冠军"：全球最大的电熨斗生产基地、全球最大的电吹风生产基地。

当地电熨斗年产量近3000万台，约占全球市场份额的50%；电吹风年产量2500多万台，约占全球市场份额的30%。

行业的发展也带动了一批优秀企业的进步。

镇上的月立电器是全球个人护理电器制造的"隐形冠军"，为飞利浦、

机械手臂正在自动分装零件（汪鹏翀　摄）

松下等多家世界知名厂商提供服务；全世界最大的电熨斗生产商卓力集团同样坐落于此，2006 年该公司电熨斗全球产销第一，至今已连续保持 14 年。

"所以我们这里有两句笑谈：'世界熨斗周巷造，全球电吹风周巷产。'"镇上的宣传干部笑着说。

从家庭作坊到支柱产业的形成不是一朝一夕。"小家电产业既有一些龙头企业，也有非常多的配套工厂。一些小规模的工厂就是从作坊做起来的，直到现在还有一些小企业以家庭作坊的工作模式为主，但整条产业链非常完整，从零件到整机应有尽有，竞争力很强。"月立电器的营销总监厉力众分析道。

"人造"

谈及公司的发展秘诀，厉力众强调，只有两个字：人才。"我们不只关注中高层管理人员的培养，对于一线生产员工，我们同样也尽最大的努力去提升他们。"

厉力众还介绍，为了吸引并留住优秀一线生产员工，月立集团在厂区旁专门建造了员工宿舍区域，里面生活服务配套设施应有尽有：KTV、篮球场、健身房、全覆盖 WiFi 和超市等。

"我们考虑到现在'90 后'的员工，不仅在工资待遇上有要求，对生活品质同样有要求，为了让他们能以最好的状态投入工作，我们后勤工作

"90后"正逐步成为小家电制造行业的中流砥柱（蔡黄浩　摄）

宁波慈溪小家电创新设计研究院总工程师郭斌（汪鹏翀　摄）

必须做得到位。"

在周巷，企业的发展还离不开政府全方位提供的支持。

卓力集团生产车间的一名负责人表示："疫情好转后，镇上企业都开始复工复产，但用工荒的难题马上放在眼前。最后镇政府帮我们跟员工所在地的政府对接，包车把他们接回来。"

"政府还经常为我们提供各类展销渠道以及培训讲座，不仅帮助我们拓宽销售渠道，还能提升个人能力。"卓力营销副总经理邓彬烁告诉记者，"我就经常去参加一些品牌营销方法的讲座。"

"智造"

"本地的企业在技术上大多还停留在代加工阶段，研发能力较弱。给他

周巷镇党委委员陆央波（蔡黄浩　摄）

一个概念机，他也不能很快地做成一个量产机，所以我们现在也在调整思路。"总工郭斌谈及在宁波慈溪小家电创新设计研究院工作两年多的感受时说，"现在如果某个企业对我们的产品概念意愿强烈，我们会替他把产品做到开模的程度，用我们的技术去支持他们的研发力。"

谈及最近的合作，他随手拿起桌上一个可以单手握住的喷雾瓶。"马上要主推的新产品：便携式臭氧消毒水制备装置。"

据介绍，这款产品运用了水解臭氧的技术。只要把水加到这个喷雾瓶里，按下制备按钮，大约 30 秒后可用于消毒的臭氧水就制备好了。"特别方便携带，而且价格也很实惠。结合最近消杀产品市场的热度，我对它很有信心。"

除了研究院的助力外，当地企业也在不断加强自身的科研创新能力。

比如，卓立集团近几年的自动化改造投资占了企业技改总投资的 80%以上。而月立吹风机在全球范围内已拥有 283 个专利，还成立了全球高端品牌的"设计研发中心"，起草制定了多项行业标准。

对于周巷镇未来的发展，陆央波作出了这样的展望："从贴牌制造起家，我们如今也在摸索自主品牌的建设。从零件生产到整机制造，我们的市场竞争力也在慢慢提高。下一步我们会抓住智能制造的风口，通过研发、设计与生产等一系列产业链的升级，打造我们'中国小家电硅谷'的大梦想。"

（原文刊登于东方网 2020 年 6 月 20 日）

初代海归的心结

东方网·纵相新闻记者

马旭　许明　蔡黄浩　汪鹏翀

月立电器营销总监　**厉力众**

（汪鹏翀　摄）

"中国制造是什么？"1999 年，正在加拿大工作的厉力众被当地朋友的一个问题难住了。

"那时候我身边很多当地的朋友都在谈中国制造，但作为一个华裔，我也说不清它到底是什么。"但厉力众与中国制造的缘分就此埋下。

回国后一次偶然的机会，厉力众来到了浙江省慈溪市周巷镇，加入了当时已初露峥嵘的月立电器。在跟随这家世界最大的电吹风生产基地一起成长的过程中，他不但领悟了"中国制造"的含义，更是亲自参与了"中国制造"的进程。

中国制造

1993 年，还在杭州读大学的厉力众正在准备雅思考试，一心想着出国学习，开阔眼界。"那时候国内大多数地区确实比较落后。就拿制造业来说，在我当时的印象里，制造业是跟温州的家庭小作坊画等号的。"

但仅 6 年过后，已在加拿大拿到 MBA 文凭的他却总是被朋友问起同一个问题："中国制造是什么？"

1999 年，海尔已投资 3000 万美元在南卡罗来纳州设立了首个海外制造中心，布局海外。联想在次年跻身全球 10 强最佳管理电脑厂商，被世界多个投资者关系杂志评为"中国最佳公司"。

"那时候国外从芯片到小商品到处可见中国制造的身影，当地的朋友都跟我说自己快被中国制造包围了，觉得中国就业机会特别多，每个人都想跟我探讨中国制造。"厉力众说，"但那时候我根本答不上来，自己都好奇，怎么离开没几年，国内变化就这么大。"

说起加盟，厉力众觉得纯属偶然。"当时我本来是来周巷散心，刚好月立这边正在对接一个欧洲的项目。我英语好，留过学，我父亲就介绍我来帮忙，没想到一干就是 10 年。"厉力众笑着回忆。

中国文化

10 年间，月立电器的营业额翻了三番，2019 年全年实现电吹风、美发器、电推剪与电熨斗等产品出口数量 2700 万台，销售金额超过 14 亿元人民币，成为世界上最大的电吹风生产基地。

在公司砥砺前行、不断进步的进程中，身为营销总监的厉力众深刻体会到中国文化走向世界对企业所带来的助推作用。

"如果想跟全球顶尖厂商长期合作，光产品做得好还不够，你还要跟他们交朋友，这样的合作才能长久。"厉力众说。

飞利浦公司是现如今月立电器最重要的合作伙伴之一。从 2012 年起双方合作过 8 款产品，每年交给月立的订单金额大约为 3500 万美元。

双方友谊的建立，还要从杭州万松书院说起。

"那时候我们刚合作完第一款挂烫机，虽然销量大爆，但当时我们在技术上还有不成熟之处，连我们老板都以为跟飞利浦的合作会是一锤子买卖。没想到我在杭州接待了他们的考察团后，后续合作便定了下来。"厉力众回忆。

其实，厉力众没做别的，就带着这群外国友人逛了万松书院、游了西湖、品了龙井……友谊就这么产生了。"跟外国人交朋友最好的方法之一，就是带他们体会中国文化的魅力，而中国茶文化跟儒家文化是其中翘楚。"

当时还有件趣事，因为飞利浦的代表对万松书院很好奇，厉力众就跟他们重点介绍了这个地方。但因为中英文表达的差异，代表们还是有些似懂非懂。这时厉力众灵机一动，只说了几个单词，他们就恍然大悟，全场大笑，原来他称万松书院是"中国的哈佛"。

中国技术

文化的纽带有了，技术的基石也不可或缺。

"我们一开始是带着仰望的心态，去看国外的技术。飞利浦的工程师看了一眼我们的零件就知道这是什么材料做的，当时觉得他们很牛。现在我们的工程师也能做到，甚至某些方面能做得更好。"厉力众说。

最开始跟飞利浦展开合作时，月立的工程师们曾碰到一个难题：剃须刀等小家电需要人工装配说明书等零配件，很容易发生遗漏，复检耗时耗力。几经思考，最终月立的工程师用了个"笨办法"：称重。产品重量对了，自然没少件，重量不对的产品再拿去复检。这个办法虽简单，但效果奇佳，大大减少了厂里人力物力的成本。

"飞利浦当时在全球的小家电代工厂都存在这个问题，后来见我们用得好，他们在自己其他的代工厂都推行了这个办法，也是给他们解决了一个难题。"

除了"笨办法"，月立也有自己的核心技术，由"制造"转向"智造"。

"戴森的电吹风很厉害，它的核心技术之一就是每分钟转速超过

月立电器的工厂内，一台吹风机逐渐在工人们手中成型（蔡黄浩　摄）

136000 次的马达，而我们通过跟清华大学等科研院所的合作，现在也能做到这个转速，只是在实际应用上还有些待完善的地方。"厉力众信心满满地表示。

"现在我们通过改变风道结构设计等方式，用每分钟 6—7 万次转速的马达，就能做到月立电吹风吹干头发的效果不输戴森。而我们的零售价仅是戴森的十分之一。"

采访最后，我们问了厉先生一个问题：10 年过去了，今天的你理解中国制造是什么了吗？

他笑了笑，没有犹豫："在我眼里中国制造是一个复杂的整体，有辛苦、有血、有汗，但是也有快乐，能收获跟客户的友谊，更能见证自己、公司和国家的成长！"

（原文刊登于东方网 2020 年 6 月 20 日）

走向我们的小康生活

了不起的小镇

全国最大的 电吹风生产基地

浙江省慈溪市周巷镇

小镇视频

小镇专题

东方网
eastday.com

中国钢琴之乡——洛舍镇

一个"会发声的木箱"?
我们也能做!

东方网·纵相新闻记者
卞英豪 程靖 汪鹏翀 丁一涵

88 个琴键,220 多根琴弦,300 道工序,8000 个零部件……60 岁的韩国整音师李炳男,仔细聆听着每一次击打所回荡出的旋律,或清脆,或悠扬,或深沉。

挂弦、拨音、调律……农民工林明飞熟悉这台钢琴制作的每一个流程。沉醉于"乐器之王"的魅力,她的指尖情不自禁地在黑白琴键上律动着。

"90 后""琴二代"潘鸿凯,穿梭于前辈们精耕细作的生产车间。走到一台钢琴前,他打开手机直播,这位"后浪"尝试为一台台小镇的钢琴寻找全新的"出路"。

三位不同时代、不同岗位的钢琴从业者,汇聚在浙江省德清县洛舍镇——这个人口只有 1 万多人的小镇,拥有 100 多家钢琴企业,年产钢琴超过 6 万架,承载了全国近 20% 的钢琴市场。

朴素的农民如何造出全国驰名的钢琴?一台优质的钢琴又是怎样锤炼而成?钢琴之乡——洛舍镇或许能给你一个答案。

"木头箱子能卖 2000 元,这生意为什么不做?"

当悠扬的琴音传遍洛舍的街头巷尾,年届 6 旬的王惠林依旧感慨:36 年前,或许没人会相信,一个普通的江南农业小镇,一群素日耕种的农民,能和一台钢琴产生任何关联。

1984 年，木匠出身的王惠林，在洛舍担任玻璃厂的厂长。一次偶然的机会，他来到上海，看到了市民排队买钢琴的盛况。"一个木头箱子，发出声音就能卖 2000 元，这生意为什么不做？"

于是，一个自然而又大胆的想法油然而生——洛舍能不能造钢琴？

回到洛舍，王惠林把这个想法告诉了乡亲们。大伙儿的反应也出奇一致——一群农民怎么造钢琴？

1985 年，王惠林用行动给出了答案。他说服了 4 位上海钢琴厂的钢琴技师，利用周末时间到洛舍帮忙。有意思的是，这一举措居然还引起了国务院的高度重视，在全国范围内掀起了关于人才流动的大讨论。最终，在 4 位"星期日工程师"（指的是利用星期日来协助工厂工作）的指导下，新中国第 5 家钢琴制造厂——湖州钢琴厂成立了。

当年，8 台"伯牙牌"钢琴在洛舍镇横空出世。德清县钢琴制造协会副会长金文英向记者回忆，当时，这 8 台"伯牙牌"钢琴得到了业内一致的好评。次年，著名相声艺术家姜昆还买了一台"伯牙牌"钢琴给自己的女儿当作礼物。

至此，未来中国最大的钢琴产业聚集地之一，在浙江德清最小的镇落地生根。

"做好一台好钢琴，一定要有好的良心！"

怎样做好一台钢琴？

从王惠林开始，一代又一代的洛舍钢琴从业者们，一直想要尝试回答这个问题。而如今，这个答案正呈现在一台台洛舍钢琴所奏响的每一个音符中。

"一台好的钢琴，会让你爱上音乐。"

从事钢琴行业前，林明飞是一位田间耕作的农民。如今，调音师林明飞正用一颗匠心"做好钢琴"。

一台钢琴，一次拨音、四次粗调、一次精调，既需要耐心的侧耳倾听，也需要科学的仪器助力，不变的则是时刻的专注。林明飞在工厂，有时一

德清县钢琴制造行业协会会长潘鸿凯（丁一涵　摄）

站就是十几个小时。专业的技术和敬业的态度，也让林明飞成了当地小有名气的钢琴巧匠。

2019 年，恰逢新中国和人民政协成立 70 周年。林明飞和同事们带着"洛舍工艺"来到全国政协礼堂，共同修复了一台 20 世纪 50 年代的"老钢琴"。这台钢琴正是当年周恩来总理特批用外汇购买的。"非常荣幸，能用自己的技术为国家做点微薄的贡献。"

因为爱钢琴，林明飞在造钢琴之余，还弹起了钢琴。通过自我摸索，曾经不晓音律的她，已然能自如地在琴键上"翩翩起舞"。在林明飞的引领下，她的丈夫、儿子、侄子也纷纷加入钢琴行业。而他们也成了钢琴之乡的"钢琴之家"。

"一台好的钢琴，是普通老百姓都能买得起、弹得好的琴。"

潘鸿凯的父亲是洛舍钢琴业的"元老"之一。如果说，父辈们毕生致力于用匠心打造"洛舍制造"，潘鸿凯则更想用信心去推动洛舍钢琴"飞入寻常百姓家"。

数据显示，中国制造了全球近 75% 的钢琴，但中国家庭的钢琴保有率却不到 7%。钢琴作为"乐器之王"正备受家长关注。"一些家长也存有一

一位钢琴技师正在对未出厂的钢琴做调整（丁一涵　摄）

定的误区，钢琴并非越贵就一定越好。"

"钢琴的外壳、琴键、喷涂等硬件，其注重的是原材料质量和工艺加工。"潘鸿凯表示，目前洛舍钢琴在机械工艺制作等方面已经达到国内顶尖的水准。"洛舍还是著名的木材之乡，这是钢琴制造的天然优势。"

潘鸿凯称："钢琴的核心是榔头击打琴弦时的声音，属于钢琴的软件。"这同样是潘鸿凯信心的所在，随着越来越多像林明飞这样的民间巧匠在洛舍涌现，"洛舍工艺"也成了当地极负盛名的"软实力"。

"如果让我为洛舍钢琴带货，我最大的推荐理由就是——性价比。"潘鸿凯表示，"对于入门的孩子，洛舍的钢琴一定能满足家长的要求。"

"做好一台好钢琴，一定要有好的良心！"来自韩国的整音师李炳男，用他并不标准的中文向记者诉说道。曾在雅马哈、斯坦威等全球著名钢琴企业担任过技术指导的李炳男，参与过2008年北京奥运会的钢琴整音工作。而如今，他已经在洛舍工作了将近8年。

就在8年前，整个洛舍镇几乎找不出一个专业的调音师。在李炳男到来后，一切发生了改变。如今，"桃李满洛舍"的李炳男，依旧对每一位前来请教的后辈谆谆教导，"我愿意为中国钢琴贡献我的力量。"

30 多年的职业生涯，李炳男对无数钢琴进行不同程度的整音，而对徒弟、对工作、对洛舍的钢琴，他从来只有一个不变的要求——"良心要好"。

"这里的每一台钢琴，可能是给孩子的，给音乐家的，也可能是给一个渴望音乐的人。每一节音符，都是我们所能给予的最好礼物。"如今，李炳男所在的乐韵钢琴厂中的每一台钢琴，必须要通过李炳男的"魔鬼考验"才能出厂。而这也正是这批钢琴的"良心"所在。

"音符是钢琴的生命，钢琴就是我的生命。"李炳男说，"如果可以，我还想在这里再干 10 年。"

"洛舍的钢琴产业链很大！"

当下，中国已是全球钢琴生产的第一大国。而国内生产的每 7 台钢琴中，至少有一台来自洛舍。洛舍生产的钢琴产品还出口到欧洲、东南亚等 20 多个国家和地区。

"洛舍不大，全镇只有一条主干道。但是洛舍的钢琴产业链很大，在这条主干道上，你能找到钢琴的任何一个部位的零件生产商。"

浙江省德清县洛舍镇（丁一涵　摄）

正如潘鸿凯所说，洛舍镇不仅拥有诸多钢琴行业的能工巧匠，在30多年的市场沉淀中，如今的洛舍已然形成了一个贯穿整条钢琴产业链的产业集群。"琴壳、击弦机、榔头、键盘、音板等8000多个零部件，几乎都可以在洛舍当地采购到。"

"比起有200年钢琴制造历史的德国等国家，我们还有许多要学习。"潘鸿凯表示，人们逐渐认可"洛舍制造"，但却很少有人了解"洛舍品牌"。"同样的标准，同样的工艺，同样的用心，贴上国际大牌，销量不愁。贴上洛舍品牌，认可度还不高。"

一方面，疫情之下，洛舍钢琴也遇到了全新的问题。制造、销售、流通等环节，或多或少都受到了疫情的掣肘。但正如36年前洛舍农民初次接触钢琴时一样，困难似乎从来都不是击溃洛舍人民的缘由。

另一方面，疫情也促使洛舍加快改革与转型的步伐。目前，洛舍当地企业通过科技赋能生产，开发出了全国领先的钢琴自动演奏系统。也有企业结合在线新经济的理念，通过线上销售、直播带货等新颖形式，探索出了全新的洛舍钢琴产业新模式。

随着长三角一体化往纵深发展，"钢琴之乡"也正在不断辐射它的产业影响力。此前，来自洛舍的乐韵钢琴与生产著名钢琴品牌施特劳斯的上海钢琴有限公司完成战略合作签约。当"上海品牌"与"洛舍制造"强强联手，"百年老字号"也与"了不起的小镇"完成了深度融合。

"有限的琴键上，能奏出无限的音乐。"

著名电影《海上钢琴师》的这句台词，曾激励了无数钢琴从业者。对于朴素的洛舍人而言，他们在钢琴制造的道路上，也恰恰是在有限的基础上，制造出了无限的可能。而我们也愿意相信，凭借一代又一代洛舍人的勤劳与付出，这个了不起的小镇，定能在新时代奏响全新的华美乐章。

（原文刊登于东方网2020年6月19日）

林明飞的"黑白键"人生

东方网·纵相新闻记者

程靖　卞英豪　汪鹏翀　丁一涵

乐韵钢琴厂调音技师　**林明飞**

（汪鹏翀　摄）

　　一个半米见方的塑料篮，里面堆放着调音扳手、音叉、调音器、各种止音工具。这是钢琴调音师的工具箱。林明飞坐在调音师的高脚凳上，左手按下琴键，判断听到的音是否准确后，右手用工具在琴弦上做细微的调整。

　　调完音后，需要听听琴的音准。林明飞摆正椅子坐好，随着双手在琴键上跃动，长时间重复动作的僵硬感渐渐消失了，《梦中的婚礼》脍炙人口的旋律在她的指尖尽情流淌。

　　林明飞是浙江德清乐韵钢琴厂的调音技师。从贵州毕节来到德清已 19

年的她，从挂弦工人到学习调音，再到学习钢琴、上台演奏，林明飞的生活已和钢琴紧紧联系在了一起。

从挂弦调律到琴韵飞扬

2001 年，林明飞的丈夫在亲戚的介绍下进入刚成立的乐韵钢琴厂打工。时常去工厂看望丈夫的林明飞被一架架灵动的钢琴吸引住了。不久，林明飞也进了厂，开始跟着丈夫学习挂弦。

钢琴挂弦的工艺并不简单。钢琴有 88 个琴键，对应着钢琴马克（钢琴的发声部件）上的 200 多根粗细长短不等的琴弦，从低音到高音，琴弦由粗到细排列。

挂弦，顾名思义就是将所有的琴弦按照位置挂在钢琴铁板上。琴弦挂上之后，要调整每根琴弦的张力，使得每个琴键的音高达到合格的标准。一台钢琴的生产过程中一般要经历 5 次生产性调音，2 次拨音以及整音后，才能符合出厂标准。

林明飞告诉记者，曾有一位客户到厂里来看产品，见她在挂弦便问："林师傅，你会做钢琴，那你会不会弹琴？"自那以后，"弹钢琴"这件事在她心里萌了芽。

"我想，既然把弦挂上了，就得把音调好，音调好了才能弹琴……我想知道自己挂出来的弦，要怎样才能发出声音。"

林明飞回忆起刚开始学习调音时的感受，"一切都好难！我在纸上画各种线来描述各种音，才慢慢地有了点感觉。"

"我曾想过放弃调音，但转念一想，有些盲人师傅都能调音、会弹琴，我怎么就不会呢？"有了这样的动力，林明飞坚持了下来，勤学好问的性格也让她获得了厂里韩国技术总监李炳男的悉心指导。

调音学习了一年多。除了技术，林明飞也需要接触音乐，十二平均律、音程关系等等，"四度、五度、八度的音程，听起来各是什么样？我就一个个听过去，慢慢地感受。"

林明飞说，调音是个比较累的工作，"调音对耳朵的要求比较高，一个

乐韵钢琴厂的调音技师林明飞正在给钢琴调音（汪鹏翀　摄）

音敲下去，音高传到大脑，脑子里对音准有个判断，再转为手上的动作。左手右手要配合，配合不好，即使差一点点，音就调不准。"

"不过，我调好每一台琴之后都会弹一下，听听音准不准，我自己放心了，消费者也就放心了。"

学会调音后，林明飞还是觉得不够。"后来我每次看到钢琴家弹琴，心里都好羡慕，就想学钢琴、弹钢琴。"

2016 年，林明飞给家里购置了一台电钢琴，在网上找了学钢琴的软件和乐谱，从五线谱和最简单的乐理知识开始慢慢摸索。后来有钢琴老师来家里学习调律，林明飞就向对方讨教弹琴技巧，等老师走了，就自己在家练习。

即便喜欢，练琴也是枯燥事。但林明飞不想放弃，每天坚持练半小时到一小时的琴，"不管做什么，都需要练习的。弹琴是一种乐趣。"

林明飞告诉记者，现在她白天在工厂上班，空下来了就在触手可及的钢琴上练一会儿，"调律时间长了手很僵硬，弹一下就舒服多了。"

听到喜欢的歌，林明飞就会上网找谱，《隐形的翅膀》《月亮代表我的心》等脍炙人口的歌曲，都是她常弹的曲子。如今，在一年一度的洛舍钢琴文化节上，林明飞已经连续多年登台表演了。

从贵州大山到政协礼堂

在乐韵钢琴厂工作 19 年至今，林明飞有不少难忘的回忆。其中最难忘的，是 2019 年受全国政协委托去北京修复一台重要的钢琴。

2019 年 5 月，乐韵钢琴公司的技师团队受全国政协委托，对 20 世纪 50 年代周恩来总理特批购进的一台"奥古斯特·福斯特"三角钢琴进行修复。

林明飞回忆道，当时的领导把任务交给了自己和其他 4 位同事，"他说，'这是一台很重要的钢琴，你们一定一定要修好。你们要有信心。'"

"当时听说这是周总理的琴，我觉得我更要去了。"林明飞的父亲是抗美援朝的志愿军战士，她也想像父亲和老一辈人那样，为国家贡献一份力量。

但真到了北京，这台年久失修的"奥古斯特·福斯特"还是给技术小组出了不小的难题。由于年代久远，钢琴已经外壳开裂，琴弦断裂，连"哆来咪发嗦"都弹不了，琴键上不少白键外壳也没有了。

"那台琴的油漆看上去一塌糊涂，琴弦好像都'瘫痪'了，感觉是修不好了。"林明飞说，当时看到琴的状况，自己还是很紧张。

除此之外，过去钢琴制造的原材料、工艺和制造标准都和现在不同：螺丝种类不同、弦轴钉直径不同、琴弦长短和直径不匹配、新老两种油漆不相容极易引发化学反应，老钢琴白键用的象牙也早已被禁用……

林明飞和同事们多次往返德清和北京，工具带不上火车，就打包好邮寄过去；弦轴钉直径不同，就从德清带过去换上；象牙白键皮没有了，就把有机玻璃材质的白键皮用砂纸慢慢地打磨后替代；新旧油漆发生化学反应，就把原有的漆刮掉再涂上新漆；时间来不及，就加班工作……

最后，在技术小组的努力下，这台近 70 岁的钢琴重新发出了悦耳的声音。

回想起修复成功的那一天，林明飞感觉开心、圆满，又难忘。"让一台台钢琴弹出动人的旋律，这是我们为之奋斗的源动力，也是我们洛舍钢琴从业者应尽的义务。"谈起过往的成就，林明飞一如既往地谦逊与低调。

所有过往，皆为序章。我们也愿意相信，经过一代又一代像林明飞这样工匠的不懈努力，钢琴小镇洛舍能持续奏响更为华美的乐章。

（原文刊登于东方网 2020 年 6 月 19 日）

走向我们的小康生活

了不起的小镇

超过六万件
年产钢琴

📍浙江省湖州市洛舍镇

小镇视频

小镇专题

眼镜之城——丹阳市

为改变世界的目光，我们一起努力。

丹阳市眼镜商会会长　冯光峰

"眼镜之城"的眼界

纵相新闻记者
单珊　陈思众　沈超　丁一涵

1986 年，20 岁出头的彭湘华和家里闹僵了。在上海做教师的父亲想不明白，为什么女儿放着好好的镇政府工作不做，要去摆摊卖眼镜。

每天早晨，彭湘华准点骑单车来到她的摊位上，将几百副眼镜整齐地在 2 平方米的水泥台上码好，然后在水泥凳上铺一张报纸坐下。

算上她，总共 30 多个摊位组成了最初的江苏丹阳眼镜市场。

"一个没结婚的小姑娘去摆地摊，父亲甚至一度想和我断绝关系。"彭湘华说。在摆摊这个选择的背后，是来自家庭和外界的双重压力。

丹阳新超华眼镜行总经理彭湘华（丁一涵　摄）

第一次试水时，100副眼镜很快就卖完了，彭湘华赚到了人生的第一笔钱：20元。而在当时，她一个月的工资才十几元。

在那时的眼镜市场，摆摊的商贩大多数年纪比较大，也不识字。他们写账、算账都会来找彭湘华帮忙。

这让她产生一种优越感，也找到了自己的价值。更重要的是，她希望父亲能看到自己的能力。

不过，让彭湘华有底气作出这样选择的根本原因，是当时已经小有名气的丹阳眼镜产业。

当时，一群原在苏州、上海等地眼镜厂上班的知识青年上山下乡来到丹阳。技术傍身的他们先后办起20家村镇眼镜企业，为丹阳眼镜产业奠定了基础。

20世纪80年代，火车是主要交通工具。位于南北重要枢纽的丹阳，占据交通优势，当地眼镜要销往上海、南京甚至北京都比较方便。

火车也带来了第一批眼镜中间商。

由于丹阳当地交通并不方便，很多人索性从当地眼镜厂购入镜片和镜架，蹲守在丹阳车站外的旅馆前，卖给从全国各地赶来的眼镜贩子们。

温州人洪作东就是其中之一。13岁时，他就已随父亲来到丹阳。

丹阳南吴眼镜店董事长洪作东（丁一涵　摄）

丹阳国际眼镜城（丁一涵　摄）

同样是 1986 年，洪作东在丹阳旅馆内经营的眼镜批发生意顺风顺水。直到有一天，一群穿着制服的人进来。他们告知洪作东，他因为"无证经营""地下交易"，需要缴纳罚款 5 万元——这超过了洪作东这两年倒卖眼镜所赚的所有利润。

缴纳了罚款的洪作东灰心丧气。他和一些老乡决定离开丹阳，另谋出路。

就在他们准备离开的时候，一则消息传开了——丹阳要建一个专门的眼镜市场，丹阳市政府要扶植眼镜产业。

洪作东经过一番权衡利弊后，决定再搏一把：他退掉了车票，重新回到小旅馆。

后来，丹阳市政府在丹阳火车站附近建起了全国最早的专门用于眼镜交易的市场，这也是当时全国最大的眼镜交易批发市场。

洪作东和彭湘华，在这个眼镜市场里，一做就是 30 多年。

历经转型阵痛，造就行业佳话

在这 30 年间，这个常住人口不到百万的城市一步步成长为世界上最大的镜片生产基地、亚洲最大眼镜产品集散地和中国眼镜生产基地。

目前，丹阳从事眼镜产业及相关配套的工贸企业已超 1900 家，眼镜生产企业近 600 家，从业人员达 5 万人，产品涵盖眼镜产业各个领域。

2019 年，丹阳镜架年产量 1 亿多副，约占全国的三分之一。同时，镜片年产量为 4 亿多副，约占全国的四分之三、全世界的四成多。

"全世界每两个人戴的眼镜中，就有一个人的镜片产自丹阳。"这已经是丹阳眼镜的"行业佳话"。

倚重于发达的民营经济，丹阳在过去多年一直处于全国百强县前 10 位左右，也堪称镇江市的"领头雁"。

取得这样的成果并不简单，这背后是一次次转型和升级的阵痛。

20 世纪 80 年代末，随着改革开放的深入推进，价廉物美的外国眼镜大量涌入中国市场，极大地冲击了丹阳眼镜产业。

当时，丹阳眼镜制作工艺粗糙，连金属镜架都很难见到，镜片都是玻璃片，直接手工打磨，既厚且重。装镜片也没有技术讲究，甚至都不用考虑瞳距、瞳高之类的参数。

反观国外品牌的镜片制作精良、工艺考究，很快就大幅蚕食了丹阳眼镜的市场份额。

那个时期的丹阳眼镜行业本就自发生长，缺乏市场规范，在外国眼镜

万新光学工厂（丁一涵　摄）

的强势重压之下，20 世纪 90 年代初期，丹阳很多眼镜厂因此关停，眼镜业受到重创。

即便是丹阳最大的镜片生产企业——万新光学情况也不乐观，1985 年厂里还有 800 多名员工，到 1992 年就只剩下 100 多人了。

重压之下，万新光学创始人汤龙保开始向国外眼镜厂学习，聘请国外专家驻厂指导包括树脂镜片在内的相关前沿科技。

与此同时，丹阳各大眼镜厂也开始注重自身的技术研发，很多沿用至今的专利产品就诞生在那个时期。

他们频繁参加国际眼镜展会，派营销人员去世界各地开拓市场。丹阳眼镜协会每年也会在国内组织两次国际眼镜博览会，吸引国际客商来中国采购。

就这样，通过几代人的积累，丹阳眼镜从路边摆摊发展到如今形成设计、生产、销售一条龙的产业链及衔接完备的整体产业体系。

如今的彭湘华，手握多项镜架专利，自创了眼镜品牌，还把自己的形象做成品牌广告。而当年因为"无证经营"被罚款的洪作东，已经是南吴眼镜店的总经理。

应对疫情冲击，走线上看后浪

2020 年，突如其来的疫情，对彭湘华和洪作东，以及丹阳眼镜产业链上大大小小的企业而言，都是无法回避的压力。

一方面，国内市场正在艰难恢复。另一方面，随着疫情在国际上蔓延，跨国运输大规模停摆，国外订单量断崖式下跌。

洪作东透露，3 月 15 日眼镜城复工以来，客流量比同期减少了 40%。

随着互联网、新零售等概念的兴起，加之突发疫情的催化作用，加速了丹阳眼镜行业的数字化转型。

统计数据显示，近年来丹阳眼镜行业开设经营性网站和网店达 1000 多家，这不仅减少了厂家和消费者之间的中间环节，也大大节省了经营成本。

记者造访丹阳眼镜城时，商家复工已一个月有余。能容纳 200 多辆车

洪作东店内的各式太阳镜（丁一涵　摄）

的室外停车场有一半车位停了车，商场内陆陆续续有顾客挑选眼镜，但略显冷清。

洪作东在疫情期间探索了新的线上渠道，但没有想象中火爆。而且由于店面位于商城黄金位置，线下销路始终不错，所以网店对他而言只是一个补充。

"但最终还是会走向线上，2020年的疫情就是最大的预警。"洪作东说。

彭湘华也在疫情期间开通了淘宝网店，线上销售正在逐渐起步。她还关注到很多年轻人在做的直播带货，由于近视镜比较特殊，需要验光，彭湘华更加期待成品墨镜和老花镜的线上推广。

即使疫情冲击了眼镜行业，彭湘华依然对"后浪"充满信心。

"做眼镜30多年，我爱这个行业。更欣慰的是，我儿子也爱上了这个行业，我们眼镜人的未来，将由他们继续走下去，我们没完成的都将由他们去完成。我坚信他们会比我做得更好。"戴着自己代言的老花镜，彭湘华眼里闪着光。

（原文刊登于东方网2020年6月17日）

"眼镜大王"的逆袭

东方网·纵相新闻记者
陈思众　单珊　沈超　丁一涵

万新光学集团董事长　**汤龙保**
（沈超　摄）

　　"改变世界的目光"，走进汤龙保的办公室兼会客厅，这幅字便赫然映入眼帘。

　　现年 66 岁的汤龙保兼任丹阳市眼镜商会会长和万新光学集团董事长，也是中国生产树脂镜片第一人。他自小在江苏丹阳长大——这个后来被人们惯称为"中国眼镜之乡"的地方，是从 20 世纪 60 年代的"窝棚眼镜厂"一点点成长起来的。

　　在丹阳，眼镜人提起汤龙保的名字，总带着几分崇拜。他们叫他"汤司令"："汤司令"最初以磨片工的身份进入司徒镇大坟眼镜厂，干过技术，

万新光学工厂（沈超　摄）

跑过销售，最终当上法人，将万新光学从一个摇摇欲坠的企业发展为占地300 余亩的集团。如今，他的"光荣之路"成为媒体反复书写的传奇。

眼镜行业能够成为丹阳的支柱产业，并不是一帆风顺的。这一点，几乎没有人比汤龙保更清楚。

"社会大学"毕业生

汤龙保总戏称，自己是从"社会大学"毕业的。

1955 年，汤龙保出生于丹阳司徒镇，父母在他 6 岁时因特殊情况离婚了。3 年后，母亲改嫁，父亲去浙江西塘工作后，再也没有回过家。汤龙保只得和爷爷奶奶相依为命。年少时代物质的匮乏、农村邻里间的流言蜚语使他受尽歧视。

进入眼镜厂工作实是无奈之选。

13 岁那年，汤龙保的奶奶患上癌症，为了筹钱治病，爷爷变卖了大部分家产。16 岁那年，奶奶去世，考上了高中的汤龙保由于付不起学费只得放弃。生产队长看他可怜，才安排他进了当时的队办企业大坟眼镜厂工作，1973 年他又被调到司徒公社眼镜厂。

少年汤龙保跑到奶奶的墓前发誓："非要出人头地不可。"

当时的窝棚眼镜厂条件恶劣，五六间平房就是一个厂房的全部，十几个工人在里头，主要依靠目测把关产品质量。

尽管很快成为一名熟练的技术工人，但 1971 年初，汤龙保因磨片的粉尘、砂粉的感染最终导致了肾炎，由于医生嘱咐他不能多吃盐，他总是感到无力，难以承受长时间劳动的负荷。

"放弃"二字并不在汤龙保的人生字典里。反倒是在这一阶段，他完成了职业生涯的重要转变。

20 世纪 70 年代的中国，实行计划经济，眼镜市场和原料供应的链条被牢牢掌握在国营企业手中，队办企业只是生产链条上的"补充环节"。当时，汤龙保所在的司徒公社眼镜厂玻璃毛片的货源断了，又得不到计划原料供应。作为车间主任的汤龙保被派到位于安徽凤阳的玻璃厂，以技术指导换取供货保障。

为此，汤龙保在安徽呆了半年，直到玻璃厂的磨片技术足够成熟，能为企业提供充足的原料为止。与此同时，他也熟悉了玻璃镜片从零开始的全套生产流程。

回到厂里后的汤龙保发现，原料是充足了，但镜片堆积如山，找不到市场。

自那时起，他的品牌意识便悄然萌芽。"本身上海、苏州、北京就是区域品牌，但我们开始做的时候没有品牌，我们都是计划外的。"

"那个时候我就想，如果我在上海，那'上海'两个字本身就是品牌。把我们这里的商标撕掉，换成'上海'两个字，就能多卖两块钱。"

他并未囿于车间主任的身份，而是主动请缨向外跑，搞推销。一年里，他几乎跑遍了大半个中国，最长的一次有两个多月都在路上，从西北到中南，再北上至东北。冷眼与拒绝是家常便饭：想去参观国营企业的工厂，对方根本不让进。

但也就是在这一次次失败的过程中，汤龙保逐渐摸到了门路。他敏锐地发现，工矿企业充满潜力——机床工、抛光工需要劳保防护镜，野外作业的工人也需要戴墨镜。

他坐了80多个小时火车去到新疆克拉玛依油田。"那里有10多万名员工，相当于一个小城市嘞。镇江眼镜厂提供的劳保镜价格比国营企业更便宜，还能服务上门，质量也不差。"就这样，他卖出了1万元的平价劳保镜，成了当年眼镜厂最大的一笔订单。

很多年以后，他才知道这在营销理论中叫做"错位竞争"。

"灭顶之灾"亲历者

1978年党的十一届三中全会后，中国开始改革开放，丹阳迎来了眼镜行业的蓬勃发展期。一年以后，汤龙保所在的企业更名为镇江眼镜厂，他本人则因为销售业绩突出被提拔为供销科科长。

1986年，原本由27间房子组成的"车站村"改建为华阳眼镜市场。

然而，随着大量韩国和日本的产品涌入中国市场，原本旱涝保收的国营眼镜大厂开始顶不住压力，面临停产和倒闭的窘境。回忆起那段时间，汤龙保将其描述为中国眼镜行业遭受的一场"灭顶之灾"。

"一夕之间，上海的眼镜厂关掉了，苏州的也关掉了，北京的也关掉了。"

1992年，汤龙保所在的镇江眼镜厂不得不一分为四，原本发展到800多人的工厂只剩下100多人，但他坚持留下。

除了保留下的总厂以外，企业还分出镇江精密机械厂、万新公司和镇江眼镜厂。司徒镇党委和政府决定将万新公司交到汤龙保手中。

那两年，汤龙保的头发开始大把掉落。

甫一上任，他便着手开展市场调研，观察下来的结果是，国产眼镜的品质粗糙，设计也跟不上潮流。

"人家的东西确实比我们的好，我们落后了。落后就意味着挨打。"汤龙保反思。

为了拿出能与进口眼镜一较高下的产品，汤龙保在企业未有盈利的情况下，下决心花重金聘请了韩国和日本的工程师进行技术辅导。"用了一年

万新光学工厂，工人正在检查镜片（沈超　摄）

左右的时间，我们的眼镜在设计和制造上和韩国差不多了。"

因为当时崇洋媚外的思想比较严重，国人对于国产眼镜并不感兴趣。

"我把我们的眼镜拿到市场上去，说这是进口的。对方就说，进口的就是好。"说着，汤龙保眼睛眯了起来，模仿起当年的场景。"我说你再看看，是国货眼镜。人家就说，哦怪不得，质量不太好。"

汤龙保决定将重心暂时转向国外市场。1992 年底，汤龙保和团队一起赴香港参加国际眼镜展，被德国客户看中，对方下了订单。第二年，他们又在北京眼镜博览会中与英国、美国等外国客商签下订单。

1993 年前后，汤龙保发现国际市场已经开始流行 CR-39 树脂镜片。他判断，树脂镜片在国内肯定也会有市场。尤其对于易摔倒的老人和儿童来说，树脂镜片不会碎，安全系数更高。

但其间有不少技术壁垒还没有突破，汤龙保只得将从镜架车间赚来的钱不断投入树脂镜片的研发，终于在 1994 年下半年攻克了这个难题，成功研发出树脂镜片，并开始量产。

2005 年，万新成为国内眼镜制造业中第一家拿到中国驰名商标的企业。

万新光学工厂，工人正在检查镜片（沈超　摄）

"民生产业"领军人

世界卫生组织的研究报告显示，2018 年中国近视患者人数多达 5 亿，几乎是中国总人口的一半，近视比例世界第一。为此，汤龙保将眼镜产业称为"民生的产业、光明的事业"。

如今，公司大部分业务已经移交到儿子汤峰手中，但汤龙保仍旧雷打不动，每天上午八点半准时出现在办公室。

当被问及知不知道直播带货这一新型销售方式时，汤龙保摇了摇头，但很快笑起来，表示自己有兴趣了解。在回复镇江市委书记马明龙的信中，汤龙保直言："我虽然已经不再年轻了，但是我的团队越来越年轻，现在的万新是属于充满创新激情的年轻一代人的万新。"

2020 年初，新冠肺炎疫情的出现阻碍了各行各业的发展趋势，眼镜行业也身陷风暴中心。汤龙保带头发出倡议，决定延迟复工至 2 月 12 日，同时成立疫情防控小组，统筹人员管控、环境消毒、宣传防疫知识等。

4 月，作为丹阳市眼镜商会会长的汤龙保和秘书处工作人员深入到丹阳眼镜会员企业进行调研企业复工复产的情况，了解疫情防控和外贸出口等问题。

由于疫情在国外部分地区仍未得到控制，万新光学的外贸出口也受到波及。汤龙保表示，4 月的国际订单减少了 25%，到 5 月减少了 75%，而国内市场已经基本恢复至疫情前的销售水平。

汤龙保希望，可以在接下来的几个月，继续推动国内眼镜市场的销售，扩大内销来减少疫情带来的损失，同时拥抱互联网，发展电商经济。

"眼镜是个特殊的产品，不能随便拿起来就戴，必须得通过验光和真人佩戴才能有实际体会，更重要的是让人戴得舒服。"汤龙保说道。

他认为，错位营销仍会是个好办法。"电商的做法是线上的交流，而线下能够更多提供服务。这是两种不同的模式。顾客可以在线下接受体验，等有了相关资料，下次想再配眼镜，就可以通过线上下单。"

当他开始讲述这些构想时，很难想象他已经年逾花甲。只有他鼻梁上的老花镜提醒着人们他的年纪。汤龙保说，儿子小的时候并不爱听他谈这些生意经，但如今反而爱听了。

对于汤龙保来说，他的人生已紧紧和眼镜行业绑定在一起。他用八个字来总结他的企业精神："坚持、认真、创新、诚信"。

"我的人生也就是这八个字。"末了，他补充道。

（原文刊登于东方网 2020 年 6 月 17 日）

走向我们的小康生活

了不起的小镇

全球一半的镜片
都产自这里

📍江苏省镇江市丹阳市

小镇视频

小镇专题

东方克雷蒙娜——黄桥镇

"琴"满天下,"韵"开时泰。

泰兴市黄桥镇镇长 陈龙根

黄桥，
东方克雷蒙娜

东方网·纵相新闻记者
周安娜　钟书毓　汪鹏翀　丁一涵

在西方音乐界，意大利的北部城市克雷蒙娜几乎无人不知。那是一座不到 8 万人口的小城，世界上第一把小提琴在此诞生，被誉为世界小提琴的故乡。

而在中国，江苏省泰兴市的黄桥古镇坐拥着世界上最大的提琴生产基地，被誉为"东方的克雷蒙娜"。

几乎每个来到黄桥的人，都会在一片蓝色建筑群前驻足，这里已成为这个苏北小镇的打卡景点。

建筑群的门口刻着四个大字：凤灵集团。转制之前，它的名称是"溪桥乐器厂"，是黄桥提琴的开始之处。

以凤灵为圆心向四周辐射，几十里内，是提琴制造的产业集聚区。

如今在黄桥，提琴制造业已经发展成为一种新型的文化产业。走在黄桥镇的大街小巷，最常见的就是各式各样、大大小小的提琴销售门店。

作为当地最大的一家提琴生产企业，凤灵集团的董事长李书自豪地告诉东方网·纵相新闻记者，自家的小提琴年产量约 30 万把，占世界提琴总量的 30%，凤灵不仅是黄桥最大，同时也是全球最大的小提琴生产厂。

从乡镇小厂到"提琴王国"

在黄桥的提琴发展史上，李书是一个至关重要的人物。20 世纪 60 年

凤灵集团董事长李书（受访者　提供）

代末，李书和另外几名知青从上海提琴厂下放到了黄桥。为解决生活出路，他们租下几间简易房，开始为上海提琴厂配套加工生产琴头和弓弦。

"每加工一个琴头5毛钱，加工一根弓杆1块钱。我们只拿加工费。"回忆起自己的学徒时代，李书唏嘘不已。

1971年，泰兴县革命委员会批准成立溪桥乐器厂。说是工厂，其实本质还是一个"乐器配件加工点"。

成立后不久，李书便来到厂里当起了学徒。用他的话来说，在乐器厂的头10年里，小提琴的每一道工序他基本都做过了，"我给自己定的标准是，别人要学4个月的内容，我两个月就要学会！"

正是凭借着自己的勤奋努力，李书很快获得了上至领导、下至工人的高度评价。不久他被提拔成为厂里的一名政工干事，后来又先后担任过仓库保管员、计划科科长、供销科科长等多个职位。而无论在哪个工作岗位，他都全身心地投入到工作当中，做出过突出的成绩。

发展初期，黄桥凭借成本优势，用低廉的价格迅速占领国内市场。然而，由于机制和市场等多种因素，工厂处于严重亏损状态。"后来厂里就连一张去上海的车票钱（6元零5分）都负担不起。"

还未加工完成的"凤灵牌小提琴"(汪鹏翀 摄)

不仅如此,乐器厂当时因"风气不正",甚至还被当地人冠以"作气厂"的称号。"大吵大闹三六九,小吵小闹天天有",是当时厂工之间状态的真实写照。而这样的作风导致乐器厂在成立后的几年里,一连换了 9 位厂长。

1980 年,当没有人再愿意在这个"作气厂"里当领导后,李书"临危受命",走上了厂长的岗位。他上任第一件事就是把提琴制作全过程的 193 道工序都仔仔细细"摸"了一遍:材料成本多少钱、制作耗时要多久,他心里一本账清清楚楚。

对内整顿风纪、调整生产布局,对外拓展合作、参加"广交会",李书逐步带领着企业扭亏为盈,进而成为全公社效益排名第一的工厂。

"1993 年,我带着我们厂制造的提琴去美国参展,开始心里还是很自豪的。可到了那里一看,吓一跳,我们的产品和国外的产品在工艺上差距太大了。同样的材料,我们的琴卖 180 元,外国的琴卖 1500 元到 1800 元。"他说。

"后来我把意大利的琴、日本的琴、韩国的琴都买了几把带回来,让所有的工人研究学习,用他们最好的方面作为我们的标准。同样一个产品,外国人能做的,我们中国人就不能做了么?"

在李书的带领下,1995 年,"凤灵牌提琴"诞生了。全厂当年生产了 87000 把提琴,位居全国产量之最。

存放于加工车间中的"凤灵牌小提琴"（汪鹏翀　摄）

不仅如此，团队还致力于培养高水准的技术工人，在材料和技术上不断钻研，大大提高了小提琴的音质品质，迅速让黄桥小提琴的市场份额登上全球第一。

从依赖出口到推动内销

如今，整个黄桥的乐器行业都多多少少带有"凤灵"的烙印。李书介绍说，当地在工商注册的乐器企业有119家，其中有81个是从凤灵出去的。

"品质让顾客满意，服务让客人感动。这是我们的经营理念。永不满足，对品质的追求永不满足，是我的宗旨。"这位提琴行业的领头人说道。

在凤灵的带动下，黄桥镇陆续涌现出上百家生产乐器及配件的企业，成为全球最大的提琴生产基地。可以说，是黄桥人的一双双巧手将一把小小的提琴"拉"出了一条长长的产业链。

黄桥镇党委副书记丁春兵告诉东方网·纵相新闻记者，如今，黄桥的小提琴产业链已经非常成熟。

该镇的22万居民中，从事和提琴有关工作的就有3万多人。"这里有220多家提琴生产及配套企业，每年生产各类提琴70余万把，约占世界总量的30%，占全国总量的70%，"丁春兵说。

凤灵集团的车间内正在加工制作小提琴的匠人（汪鹏翀 摄）

2018 年，以黄桥乐器文化产业园为核心打造的"琴韵小镇"入选了全国特色小镇、江苏省首批特色小镇。

"琴韵小镇"的核心区面积有 3 万平方公里，主要将打造"一湖一厅两片区"。"一湖"为目前已经建成的音乐生态湖"琴韵湖"；"一厅"是"城市客厅"，在那里，人们可以全面了解整个黄桥镇以及"琴韵小镇"的发展规划；"两片区"则是指"产业集聚区"和"企业文化拓展区"。

至 2030 年，黄桥镇将被打造为全国著名、世界知名的文化艺术之乡、音乐之都和旅游胜地。

80 多年前的一场黄桥战役，让黄桥镇声名远扬。几十年间，这个曾经战火纷飞的小镇，在褪去硝烟后华丽转身，成为被悠扬琴声所包围的"东方小提琴之乡"。

树下的古迹和沿街的黄桥烧饼店，处处印刻着革命老区的历史烙印，一间间小提琴工厂在小镇中鳞次栉比。

提琴制造业，成为了黄桥镇的新名片，"中国提琴产业之都"的"东方克雷蒙娜"，正谱写下新篇章。

（原文刊登于东方网 2020 年 6 月 16 日）

徐小峰，匠心琴韵 20 载

东方网·纵相新闻记者

钟书毓　周安娜　汪鹏翀　丁一涵

凤灵集团首席技师　**徐小峰**

（汪鹏翀　摄）

在高度电子化、流水线化的今天，工厂传统手作显得弥足珍贵。

江苏泰兴的黄桥古镇，被誉为"中国提琴产业之都"的"东方克雷蒙娜"。这里孕育出了许多优秀的提琴手艺人。

一代代匠人的探索和耕耘，孕育了这个小镇独有的提琴文化。这其中，凤灵集团的首席技师徐小峰就是制琴匠人的代表之一。

踏入提琴制作行业已有近 20 年，自始至终，他一直用追求卓越的工匠精神来诠释"如何做好一把好琴"。在这条路上，徐小峰仍在探索。

匠心琴韵 20 载

徐小峰在制作小提琴（受访者　提供）

土生土长的黄桥人徐小峰和小提琴的渊源由来已久，作为"提琴产业之都"，小提琴文化在黄桥已经深入人心。徐小峰说，十几岁的时候，小提琴上面每一个部件的名字他就能脱口而出。

2001 年，徐小峰考入上海音乐学院提琴研制室，系统地学习相关理论，包括小提琴的历史、美学理论等，这为后来的小提琴制作打下了基础。

2004 年，徐小峰又去中央音乐学院深造。经过 10 多年的历练，他的提琴制作水平已是国内一流，他三次参加世界级提琴及琴弓制作比赛都取得了不俗成绩，得到了国际赞誉。

在提琴的制作工艺上，徐小峰从未停止探索。在他刚进入凤灵集团开始小提琴制作时，集团每个月的提琴产量差不多是 2 万把。

而随着现在人们对艺术方面的追求越来越高，对中高档琴的追求也与以往不同，因此，徐小峰同自己的老师一起组成了一个团队，专门研制中高档提琴的制作。

提琴定制挑木材

中高档小提琴的纯手工制作，考验着一个人的耐心和细心。每把提琴制作成形，小到琴头、弓弦，大到琴盒、琴板，都有严格的制作工艺标准，每个零部件的质量都关系到整个产品的质量和信誉。

作为凤灵的首席制琴师，徐小峰对提琴质量有着严格的把关。对于定制或者演奏级的小提琴，徐小峰从选材开始就格外仔细。因为这类小提琴不像量产的练习琴，材质的影响很大。

徐小峰在制作小提琴（受访者　提供）

中高档的定制小提琴，特别"挑"木材，因为这可能会影响到它的音质、存放时间等。徐小峰举例介绍，在意大利，有些人都说小提琴制作需要三代人，因为爷爷辈存放的木材，一直要等到孙子辈才能来加工制作。

一块好的木材，需要自然风干 10 年或 50 年以上，这样在制作小提琴的时候，才不易变形，并且能更好地传递音色。

除了材质外，手工提琴的制作过程也会遇到许多讲究。地处长江中上游的泰兴黄桥镇，首先遇到的问题就是气候比较"潮"，而小提琴制作的材料恰恰最需要"干"。

对此，徐小峰要将木材容易热胀冷缩的特性考量进去。另外，提琴制作所需要的胶水，在不同季节下，有不同的温度要求。

徐小峰对每一把琴都一丝不苟。其中让他印象最为深刻的，就是在 2010 年上海世博会上制作的一把琴。

在他的回忆里，这把琴是他耗时最长、并且制作环境比较艰难的一把琴。2010 年上海世博会，徐小峰与当时的团队一起在现场为国内外前来参观的客人展示小提琴制作工艺。

在制作小提琴的过程中，由于上海世博会场馆的局限性，许多过程只能通过相对古老的手工打造制成——在现场无法使用电钻等方式打孔时，徐小峰就利用手摇钻把板子上需要的孔眼一个个钻出来。

传承技艺求发展

在踏入小提琴工艺世界的这些年里，徐小峰收获颇丰。2008 年，他获

徐小峰在指导自己团队的工匠们制作小提琴（*受访者　提供*）

得泰州市总工会"金牌工人"称号；2017 年，他还获得"江苏制造工匠"称号。

扎根小提琴制作近 20 载，相比于"大师""首席"这样的荣誉称号，徐小峰觉得自己只是一个手艺人，而一个手艺人的使命便是打磨和传承技艺，既不标新立异，也不墨守成规，在继承中发展。

如今，徐小峰也在思考如何将手艺传承给更多的人，让黄桥提琴文化的影响不断扩大。"做这个东西，相对来说年轻人很少，想要在国内有一定影响力的话，要培养更多优秀的工匠。"

（原文刊登于东方网 2020 年 6 月 16 日）

走向我们的小康生活

了不起的小镇

全球最大的 小提琴生产基地

江苏省泰兴市黄桥镇

小镇视频

小镇专题

东方网
eastday.com

宣纸之乡——泾县

国宝宣纸的
轻与重

东方网·纵相新闻记者
钟书毓　蔡黄浩　汪鹏翀

"薄似蝉翼白似雪，抖似细绸不闻声"，这是人们印象中的宣纸，但只有来到被称为"中国宣纸之乡"的安徽省宣城市泾县，才能感触到一张"国宝"宣纸背后的工匠精神与文化气息。

中国的书法和绘画离开了这张薄薄的纸，太多的艺术妙味将失去传递的"讯号"。

泾县宣纸远近闻名

宣纸有"纸寿千年"的美誉，这与原料密不可分。其主要原料青檀皮和沙田稻草，都与泾县关系密切。

纸之制造，首在于料。

宣纸制作工艺复杂而严格，皮、草、水、技，四者缺一不可，离开了泾县这块土壤就造不出正宗宣纸。宣纸研究所所长黄飞松向东方网·纵相新闻记者介绍，手工纸的制成还需要好水源，所谓"好水出好纸"，泾县有多条河流，尤其是乌溪上游的两条支流，一条属淡碱性，适合原料加工；一条属淡酸性，适合成纸用水。

宣纸制作流程多、技艺复杂，从选材、制浆到捞纸、晒纸、剪纸，要108道工序。造出一张润墨好、抗老化、防虫蛀、不变形的宣纸，更是要3年时间。

泾县中国宣纸集团工厂里刚捞出来的纸（蔡黄浩　摄）

中国宣纸集团工厂内的捞纸工人们（蔡黄浩　摄）

当地最出名的，就是红星牌宣纸。据中国宣纸集团副总经理黄迎福介绍，泾县的土壤和气候，成就了这样的宣纸。尽管其他地区有了原料及工艺，也能生产宣纸，但都没有泾县生产得好。

究其原因，与宣纸发展的历史密不可分。唐朝时宣州的属县宣城、泾县、宁国均产纸，以"泾县所制尤工"。据黄迎福介绍，自 20 世纪 50 年代开始，就有许多造纸的能工巧匠集结在这里，而造纸术的传承，不单是遵循文献书籍的记载，更直接的还是"师傅带徒弟"的口传心授。近 70 年的发展，使泾县的宣纸制造业在全国范围内独此一份。

除此之外，黄迎福表示，不少私人工厂或者小型企业都会选择购买宣纸的原料，再进行加工，而泾县的红星宣纸，工厂会亲自严选原料，每道工序都是自己在做，做出来的宣纸自然就和别的不同。

泾县的宣纸全国闻名，自古就有"有钱莫买金，多买江东纸，江东纸白如春云"的赞誉，中国宣纸股份有限公司生产的红星牌宣纸更是先后被授予"中国驰名商标""中华老字号"等国家级荣誉，多项宣纸产品曾获"国之宝"称号。在出口国外后，红星宣纸也获得了国际上的赞誉，尤其受日韩两国消费者青睐。

"再好的技艺，没有好的纸张，也难表现出画的意境。"黄迎福骄傲地向记者表示，许多书画大家对纸张的要求很高，而红星宣纸从来没有让他们失望。

2009 年，宣纸传统制作技艺正式被批准为人类非物质文化遗产代表作名录，负责申遗的宣纸研究所所长黄飞松表示，宣纸能被列为文化遗产，首先能最大限度被人们熟知，让平常不怎么接触的人都能了解到宣纸；其次，更能确立中国作为造纸术起源的文化地位。

除此之外，非遗的名号也能坚定业内人士对宣纸制作和产品本身的信心，对弘扬传统宣纸文化、发展产业都有着极大的激励作用。

造纸技术革新传承

宣纸是手工纸，捞纸、晒纸、剪纸等每个传承千年的手工造纸技艺，

泾县科技商务经济信息化局副局长吴小庆（汪鹏翀　摄）

看似简单实则复杂，在发展过程中确实面临着一些问题和困难。

　　谈及这个问题，中国宣纸集团副总经理黄迎福称，目前摆在宣纸制造面前的主要是生产污水处理问题。手工制纸无法避免污水排放，为解决这一个问题，中国宣纸集团投入近 1 亿元，来改善污水处理能力。

　　在可持续发展的层面上，中国宣纸集团研制排水方法，并与高校一起研制宣纸清洁化生产，为宣纸产业的可持续发展作出贡献。

　　然而生产宣纸繁杂的工艺，对技术要求非常高，劳动强度相对其他工种也比较大。因此，宣纸集团的技术革新，不仅是在清洁排污方面，也在生产制纸过程中下足了功夫。

　　泾县科技商务经济信息化局副局长吴小庆向记者透露，目前，宣纸生产的技术革新效果还是很明显的，对宣纸产业的发展与壮大也起了很大的作用。

　　他举例道，曾经宣纸生产是纯手工工艺，但经过不断改良之后，现在采用的是半手工制纸，从原来需要两个人来捞纸到现在一个人就能完成。

　　不过，对于传统技艺的传承还需要考虑接班人的问题，据了解，目前宣纸生产的一线职工年龄偏大，50 岁以下都可以算作"年轻人"。

与宣纸"相处"了 30 余年的毛胜利就是泾县的一位晒纸工匠。他说："既然进入了这一行，就一定要把它做好。"

毛胜利一直坚持秉持老一辈宣纸艺人们的操作工艺工序，严格按照传统宣纸制作要求操作。如今，他一有空闲时间就会把自己的宣纸"头刷"技艺一点点传授给他的徒弟们。

古法宣纸的制作非常辛苦，晒纸一线的工作强度很大。出于对宣纸的爱以及自豪感，近年来，毛胜利先后参与宣纸传统制作工艺技术革新 17 项，大大提高了晒纸的效率和品质，也为制纸技艺的传承贡献出自己的一份力量。

为了吸引到更多年轻人，培养传承人，避免断代危机，泾县政府部门鼓励企业自身培养人才，同时也推出一些补助政策，鼓励一些企业把研发往外移，将销售公司及研发单位设在外省。

深山国宝走出国门

目前，泾县共有宣纸、书画纸及加工艺术品企业 350 余家，主要分布在丁家桥镇、泾川镇、黄村镇和榔桥镇，包括宣纸生产、手工书画纸、吊帘、喷浆和机制书画纸 5 类。生产各种类宣纸 900 吨，年产书画纸 5000 余吨，占全国书画纸市场 50% 的份额，是全国最大的手工纸生产基地。

吴小庆表示，目前宣纸销售正大力推进电商模式，在对外推介的过程中，县政府也采取许多措施，鼓励企业走出去，甚至走出国门。

吴小庆说，在一些省内或是全国的文化类展览活动，只要当地的宣纸企业出去参加展览，县内就能给补贴或报销；如果这些宣纸企业可以走出国门进行展销的话，当地补助政策的力度将更大。

"泾县的电商销售，目前可谓是蓬勃发展。"吴小庆称，现在从事电商的不仅有宣纸，还有宣纸衍生出的产品的销售。因此，泾县依托电商产业发展，获得了不少荣誉，不仅成为了全国电商先进示范县，示范镇、村也有不少。

泾县宣纸产业在不断创新发展的同时，更加注重对传统宣纸制作技艺的保护和传承，相继制定出台了《泾县宣纸规划》《泾县宣纸、宣笔行业管理暂行办法》，成立了泾县促进宣纸、宣笔产业发展工作委员会等。

宣纸早已成为中国传统文化的一张名片，而从这片深山里走出的"国宝"，也成为了泾县的一张响亮名片。

（原文刊登于东方网 2020 年 6 月 18 日）

毛胜利的不败匠心

东方网·纵相新闻记者
钟书毓　蔡黄浩　汪鹏翀

中国宣纸集团晒纸工匠　**毛胜利**
（汪鹏翀　摄）

　　捞纸、晒纸、剪纸，这是手工宣纸成型的三道重要工序。以手工宣纸出名的安徽宣城泾县，也孕育了许多手艺过硬的能工巧匠。毛胜利便是其中之一。

　　与宣纸"相处"了 30 余年，50 多岁的毛胜利是中国宣纸集团的一位晒纸工匠。古法宣纸制作有 108 道工序，晒纸是其中最重要的工序之一。

车间"铁人" 30 载

　　毛胜利是泾县本地人，他与宣纸的缘分从 20 世纪 80 年代就开始了。

中国宣纸集团工厂内的晒纸车间，工人们小心揭纸并用松针刷刷平（蔡黄浩　摄）

1987 年，在中国宣纸集团还叫"泾县宣纸厂"的时候，毛胜利通过文化课考试进入工厂从学徒干起。在跟着师傅学做晒纸的时候，他就记住了一句话："既然进入了这一行，就一定要把它做好。"

对毛师傅来说，晒纸这一个过程，最难的就是"揭纸"。薄如蝉翼的一张纸，如何完美把它从纸贴上揭下来，其实是一件非常看功夫的事情。"力道重了，就会把它抓破；力道轻了，就揭不下来了。"

除此之外，另外一个难点就是晒纸时用松针刷刷干。晒纸工人们将揭下来的纸贴在火墙上烘干，再用松针刷将其刷平，刷纸所用力道的轻重大小都影响着这张纸的质量。

晒纸历来是宣纸制作的关键环节，毛胜利一直坚持秉持老一辈宣纸艺人们的操作工艺工序，严格按照传统宣纸制作要求操作。他想起当年平均每天都会有 400 张左右的任务，但实际晒下来，每天几乎要做六七百张。

谈及当年进厂的时候，毛师傅觉得那是一件让人幸福自豪的事情。"我们当初都属于农民工，从学校毕业通过考试以后就可以转城镇户口，变成

纸张成型的第一关键环节——捞纸（蔡黄浩　摄）

真正的国营工。20 世纪 80 年代，'农转非'是很难的。"

在宣纸集团的三十几年，毛师傅见证了红星宣纸一步步的发展。如今，他一有空闲时间就会把自己的宣纸"头刷"技艺一点点传授给他的徒弟们，周围同事和公司领导也对他一致赞许。2016 年，毛胜利还有幸登上央视《大国工匠》节目，向全世界展示这一技艺。

"大国工匠"靠钻研

从事晒纸工作这么多年，在毛胜利看来，晒纸靠的是手感和经验，是慢工出细活的艺术，这也是他的一份"工匠精神"。为了尽快熟练掌握技艺，他从进入工厂的第一天起就坚持钻研晒纸技术要领，遇到不懂的技术难题，及时虚心向师傅请教。

毛胜利先后参与宣纸传统制作工艺技术革新达 17 项，大大提高了晒纸的效率和品质。

2000 年，宣纸集团尝试制作两丈宣纸，而之前，毛师傅和同事们最大只做过一丈六尺宣纸和"尺八平"。[1] 因为从来没有晒过这么大的纸，几次

---

[1]　一丈六尺宣纸规格为 5 米 ×1.93 米，"尺八平"就是一丈八尺宣纸，规格为 6 米 ×2.48 米，"两丈宣纸"尺寸为 6.29 米 ×2.16 米。

尝试晒出来的纸都不平整，全部报废。毛师傅忆起往事非常感慨："大家都不放弃，一起动脑筋琢磨，这种纸最终还是晒制成功了。"

2015 年底，宣纸集团再次尝试"三丈三"宣纸的抄制。这种成品纸尺寸达 11 米 ×3.3 米，一张纸的制作需要 100 多名工人齐心协力。

在通过纸张成型的第一关键环节——捞纸之后，晒纸工匠要将其成型。作为"头刷"的毛师傅站在 3 米高台的最高点，用白粗布浸透米汤，快速地涂抹到焙面上，让纸张贴得平整严实。

米汤的浓淡程度，以及与焙面的温度如何搭配，全是影响晒纸质量的重要因素，而这些都要靠工匠的经验来把握。

最终，"三丈三"宣纸成功制成。2016 年，经吉尼斯官方认定，"三丈三"宣纸荣获吉尼斯"手工捞制的最大宣纸"世界纪录证书，这也成为了毛胜利最得意的杰作之一。

匠心永恒需传承

数十年如一日的坚持，毛胜利把晒纸这门手艺做到了极致，用行动诠释了工匠精神。

通过钻研，毛师傅还制作了一种名为"奇绣"的极轻极薄的宣纸，这种纸可以帮助修复古画，但制作起来是极其之难。"那个纸非常非常薄，刷子从纸上面过，就像踏雪无痕一样，几乎没有痕迹。"

作为一个泾县人，毛师傅觉得自己对宣纸有一种"自豪感"。当初在自己刚踏入这一行业时，每天的工作就是不断重复，有些枯燥，所以对这行不喜欢的话是很难坚持下来的。

毛师傅回想起当初一起进厂的同行们，最后有很多都因为环境艰苦、工作枯燥而跳槽。

古法宣纸的制作非常辛苦，在晒纸一线经常面临许多挑战，尤其到了夏季，车间里的焙面温度高达 50—80 摄氏度，酷热难耐，而毛师傅每天需要在这里工作 8—9 个小时，他从不叫苦喊累，始终默默坚守在这一岗位上。

车间工人在晒纸车间内揭纸（蔡黄浩　摄）

"因为车间里又热、工作强度又大，所以大家看到的晒纸工人都很瘦。"毛师傅笑谈工厂日常。

没有任何机械造的纸能替代手工宣纸。毛师傅称，当地宣纸小镇建立后，在宣纸文化园内向游客介绍宣纸时，自己由内而外会有一种骄傲感。

墨韵万变，唯匠心永恒，"作为一名红星人，我热爱这一个岗位。"脚踏实地的毛胜利，用工匠精神做好每一张宣纸，为宣纸文化的传承做出自己的贡献。

（原文刊登于东方网 2020 年 6 月 18 日）

走向我们的小康生活

了不起的小镇

全国最大的 手工纸生产基地

安徽省宣城市泾县

小镇视频

小镇专题

东方网
eastday.com

中国牙刷之都——杭集镇

产城融合，创意推进。奋力开启"中国牙刷之都""中国酒店日用品之都"杭集现代化新篇章。

扬州市生态科技新城杭集镇镇长

有人之处，
便有杭集牙刷

东方网·纵相新闻记者

贾天荣　许明　丁一涵　汪鹏翀

当你在出差、旅行途中，随手拿起酒店为你准备的一次性牙刷时，有没有想过，你使用的牙刷、其他日用品都出自扬州市东郊，一个不足 40 平方公里的小镇。

这样一个小镇何以被称为中国牙刷之都？它又是如何包揽全国 80% 的牙刷年产量、全国 50% 的酒店日用品年产量？今天，我们带大家来看看"了不起的小镇"——江苏省扬州市杭集镇。

历史与传承

"凡是有人类居住的地方，就有杭集生产的牙刷。"扬州东郊杭集镇牙刷博物馆的墙上，刻着这样一句话。

这可不是一句"大话"。早在 2009 年，杭集的牙刷年产量就达到 65 亿支，占中国年产量之八成、世界年产量的一半，做个"中国牙刷之都"，绰绰有余。

你可以在这里见到无数耳熟能详的牙刷日用品牌：民族品牌"三笑"在这里起家；制作中国第一支中草药牙膏的"两面针"在这里扎根发芽壮大；高露洁等跨国公司也在这里集聚。

而杭集与牙刷的渊源，最早可以追溯到 190 多年前。清道光六年（公元 1826 年），杭集本地乡民刘万兴用牛骨和马尾制成了扬州第一支牙刷，

杭集镇中刻有"中国牙刷之都"的石碑（丁一涵　摄）

自那以后，杭集人做牙刷的传统便一步步延续到了今天。

在杭集土生土长、逐渐壮大的三笑集团，就是世代传承的"牙刷世家"。

三笑集团的创始人韩国平出生在杭集，1974 年，刚满 20 岁的他北上河南，利用自己祖传做牙刷的特长，在当地办了一家小牙刷厂，开启了创业之路。

1989 年初，随着杭集的个体经济逐渐发展，韩国平带着创业 10 余年辛辛苦苦积累的资金回到家乡，承包了村里一家资不抵债的小厂，创办了扬州大桥牙刷厂，这就是"三笑集团"的前身。

在三笑集团常务副总经理王宝勤看来，在杭集做牙刷品牌的优势在于，由于这里的每家每户都和牙刷产业有着一定的关联，因而形成了产业链的上下游延伸："从原材料、机器、模具，到工人、销售人员，你都能在杭集找到。"

三笑集团的发展历程也是很多杭集本土企业的缩影。杭集镇副镇长赵洪波告诉记者，起初在杭集做牙刷的大多是家庭作坊，以个人和私营企业为主。但随着它们的逐步壮大，集聚效应很快显现，本地的牙刷日化企业飞速发展的同时，也吸引了很多外来创业者。

40 多年前，总部在广西柳州的两面针公司做出了中国第一支中草药牙膏。经过 20 多年的发展，2004 年，两面针成为了国内牙膏行业第一家上市公司。

随着生活水平的不断提高，人们出门旅游的意愿越来越强，两面针从中看到了更多的商机，也准备进一步开拓市场，在牙刷、洗发水等酒店用品方面投资新的生产工厂。

经过大量的考察，这个工厂最终落址杭集。两面针（江苏）实业有限公司总经理兰进告诉记者，这与杭集这么多年来不断壮大的牙刷产业、不断完善的上下游产业链所形成的集聚效应密不可分。

如今的杭集，不光享有着"双都"（"中国牙刷之都"和"中国酒店日用品之都"）美誉，在牙刷日化产业链的基础上，更衍生出新材料、包装、物流等周边产业。同时，作为对传统产业的补充，总部经济、科技服务、楼宇经济等新兴相关产业，也在这里蒸蒸日上。

2009 年，杭集还建立了牙刷博物馆，馆藏了 1000 多件古代、近代和现代的牙刷标本，展示着全球最大的牙刷生产基地背后，几代杭集人的智慧与奋斗。

挑战与革新

一支牙刷是如何被生产出来的？

三笑集团副总经理吴灿告诉记者，一支牙刷从原材料到作为可出售的成品，大致要经过注塑、注胶、植毛、磨毛、包装五步，而这其中的前四步都可以在专业机器上完成。

相较于早期的家庭作坊式的纯手工生产，如今从事牙刷生产的工人，从某种程度上来讲更像是"程序员"。他们掌握着为生产工序编程和操作机器的技能，一个人可以同时兼顾 4 台机器，每台机器一天可以生产 25000

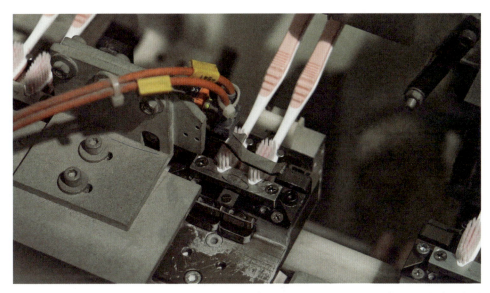

每把牙刷都要经过"磨毛"的工序（汪鹏翀　摄）

支牙刷。而在过去，要想达到这样的产量，需要的人力是现在的7—8倍。

机器为生产带来的不仅是效率，还有产品质量的提升。

虽然一支牙刷80%的制作都可以在机器上完成，但其中的工艺并非那么简单。就牙刷毛来说，要做到"顶端磨圆，表面磨糙"，才能让人在使用过程中既感到舒适，又能保持牙刷的清洁性。

这样的刷毛，仅一把牙刷就能达到上万根。而对这些技术的熟练掌握与积极创新，也是这些企业屹立于行业的秘诀之一。

在发展与壮大的同时，牙刷与日用品制造作为传统行业，在日新月异的时代变化中，也不断面临着挑战。

随着人们的生活水平与消费观念升级换代，"环保"概念逐渐受到更多的关注和重视。在全国范围内，垃圾分类成为人们讨论的热门话题。

2019年7月1日，《上海生活垃圾管理条例》正式施行，其中明确规定酒店不主动提供以牙刷为首的一次性日用品（简称"六小件"）。环保成为趋势的当下，这无疑会对生产酒店用品比重较大的杭集企业产生一定的影响。

幸好杭集镇的很多企业早就认识到了这一点，其中一些企业提前就对

两面针（江苏）实业有限公司总经理兰进（汪鹏翀　摄）

产业发展作出了调整，在积极响应环保号召的同时，从"变"中寻找机遇，扛起担当。

"酒店一次性牙刷的最长使用周期是两天，这确实存在一定程度上的浪费。"在兰进看来，取消"六小件"的核心，在于要从源头上减少一次性用品的使用，并促进其分类回收、循环使用。

两面针公司正在研发的新产品就是受到这样的启发。他们将这些用于酒店的牙刷头设计为可拆卸样式，在使用结束后，受到污染的刷头当作有害垃圾丢弃，而刷柄则可以被回收利用。当然，这也得益于牙刷生产本身使用的塑料质量较高，使得再利用时可以被做成垃圾桶、塑料桌椅、板凳等。

王宝勤还告诉记者，在国营牙刷厂还是主流时，产品的更新换代非常慢，经常 5 年、10 年都没有变化。

但随着三笑等民营企业的崛起，企业引进国外的技术、设备，不断推陈出新，"一年就能推出几百个新产品出来"，成为了牙刷产业中的"鲇鱼"，也带动着整个行业的发展。

两面针（江苏）实业有限公司员工李静（汪鹏翀　摄）

创业与生活

在如此庞大的"牙刷之都"背后，除了杭集人本身的智慧与勤劳，也少不了每一个创业者和来到这里务工人员的添砖加瓦。

李静是江苏徐州人。2009 年，21 岁的她来到杭集。从两面针牙膏生产线上的流水线工人，到最后在杭集找到了自己的爱情并安家落户，李静把这里当作第二个家。工作之余，李静还培养了一项特殊的兴趣爱好——跑马拉松。

2017 年，为了丰富员工的业余生活，两面针公司组织员工统一参加了一次高邮越野半程马拉松比赛，那时的李静还不知道什么是马拉松，"只知道是去跑步。"

也就是那一次比赛，为李静打开了另一扇大门，从此她迷恋上了这项运动。自那以后，只要有空闲时间，李静就会在公司附近的公园练习跑步。2019 年，李静共参加了 10 场全国范围内的马拉松比赛，取得了不俗的成绩。不仅如此，每周二和周四，李静还会参加公司组织的团体拉练，和同事交流跑步的心得体会。

李静说，在杭集工作的这十余年，虽然忙碌，却不会感到特别辛苦。如今她在这里成家立业，孩子也上了小学，在安稳充实的生活里，利用业余时间跑跑马拉松，是她最大的幸福。

赵洪波告诉记者，在杭集，并没有"本地人"和"外地人"之分，无论是外来创业的管理人员，还是最基层的务工人员，来了就是杭集人。

在赵洪波看来，杭集的吸引力除了其包容性，还来源于这里"全民创业"的氛围。代代杭集人通过辛苦劳作积累下的智慧与吃苦耐劳的精神，感染着每一个来这里追梦的人。

而有了这些最根本的因素，对于本地政府而言，"做好加减法"，就成了一以贯之的发展思路。

赵洪波介绍，"做减法"指的是减少企业不必要的负担，为其提供稳定的营商环境。"做加法"则是指在政策、资金等各方面给予更多的服务，以此扶持企业的发展。

谈及未来，赵洪波表示，牙刷日化产业仍是杭集的"稳定器"与"压舱石"。口腔保护是永恒的主题，挑战也不会停止。杭集镇政府也将继续做好服务工作，引导企业，发展高附加值的高科技、高技术产品，让传统产业焕发新的生命力。

（原文刊登于东方网 2020 年 6 月 21 日）

王宝勤的"三种笑"

东方网·纵相新闻记者

贾天荣　许明　丁一涵　汪鹏翀

三笑集团常务副总经理　**王宝勤**

（汪鹏翀　摄）

　　20世纪90年代，王宝勤第一次去德国出差，当他在展会上看到让人眼花缭乱的生产机器、精密的牙刷磨具、设计多样的成品牙刷和各种牙刷品牌时，他有些"看懵了"。"一下感觉到了全方位的差距。"

　　彼时的王宝勤已在国内牙刷行业龙头三笑集团工作近4年，各式各样的国产牙刷见过无数，而眼前的这些进口牙刷，从工业设计到用料，还是让身为业内人士的他惊叹。

回首辉煌，笑在昨天

王宝勤所在的江苏三笑集团坐落于扬州杭集。说到三笑集团，就要提到韩永明。1933 年，年仅 13 岁的韩永明受家里四代做牙刷的影响，赴上海一家牙刷工厂当起了学徒。3 年后，韩永明开办了属于自己的牙刷作坊。从此，牙刷生产就成了他一生的事业。

改革开放后，中国的民营经济经历了从无到有、从小到大如雨后春笋般的发展。趁着这波浪潮，1989 年，韩永明的儿子韩国平，正式成立了公司，成规模地工业化生产牙刷。受江南地区"唐伯虎三笑点秋香"的启发，他把公司命名为"三笑"。

1992 年，也是公司正式成立的第四年，王宝勤"被动"地进入了"三笑"。此前，他是扬州邗江区政府的公务员。在当时，出于鼓励民营企业发展的初衷，当地政府抽调了很多机关干部去帮助、服务各个企业。也是在那时，王宝勤接触到了"三笑"和牙刷产业。

而这一接触，就是近 30 年。"刚开始是被动选择，进入这里以后感觉这个企业、行业都是有前途的，就主动留下来了。"

三笑集团总部（丁一涵　摄）

　　王宝勤介绍，得益于从清道光年间继承下来的传统，牙刷产业一直是杭集的"血液"。从夫妻店到手工作坊，当地可以说家家户户都在做牙刷。至今，杭集包揽了全国牙刷年产量的 80%，被誉为"中国牙刷之都"。

　　在国营牙刷厂还是市场主流时，产品的更新换代非常慢，经常 5 年、10 年都没有变化。但随着三笑等民营企业崛起，他们率先引进国外的技术和设备，不断推陈出新，"一年就能推出几百款新产品。"

　　此外，在牙刷的主要销售渠道还是靠批发的年代，大部分的牙刷都要通过国营百货公司来流通，销售效率较低。而三笑率先扶持小商品市场与个体户，将商品直接卖给如义乌这样的小商品市场里的摊贩，周转、上货、出货的时间加快，产品流转的周期变短，市场变得有活力起来。

　　就这样，三笑成了牙刷产业中的"鲶鱼"，带动了整个行业的发展。王宝勤告诉记者，鼎盛时期，三笑集团的牙刷生产量超过全国市场份额的一半，他甚至用"前无古人，后无来者"来形容那个辉煌时刻。

　　随着企业的不断发展，"三笑"的名字也不断被赋予新的内涵。"我们想通过努力，保障消费者的口腔健康，让合作伙伴、员工、经销商满意的同时，公司也能不断壮大，'三'方都能'笑'声不断。"

厚积薄发，笑在今天

　　2000 年，三笑牙刷年产 14 亿支，在产量上达到了一个新的高峰。但也是在那一年，三笑集团做了一个在外界看来充满争议的决定——与美国高露洁公司联合，合资成立了高露洁三笑有限公司。此后 10 年内，三笑牙刷只能由高露洁三笑合资公司生产。

　　直到现在，这个决定所造成的影响，仍然是"仁者见仁，智者见智"。在很多人心里，这意味着"民族品牌好像被外国压下去了"，从感情上来讲难以接受。但在王宝勤看来，跨国公司的进入，同样也带来了新的经营理念与技术的革新进步，极大减少了民营企业和国际一流企业之间的差距。

　　20 年前，国外企业对牙刷质量的把控比国内严格得多，对技术的创新也比国内领先。比如，高露洁带来的"刷毛磨圆"技术，改变了此前国产

三笑生产车间内，工人们正在包装牙刷（汪鹏翀　摄）

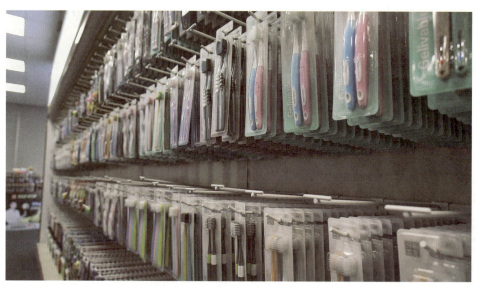

三笑集团牙刷成品展示（丁一涵　摄）

牙刷容易造成牙龈出血的弊端，进一步提高了国内牙刷制造的理念和标准。"这些改变的产生就是因为经历了将国外技术逐步吸收，再慢慢成为我们自己技术的一个过程，我认为这也极大促进了口腔事业的发展。"

王宝勤坦言，正是通过高露洁这样的跨国公司进入，国内企业才有机会在与他们的磨合中不断学习提高自己。"你要有足够的实力，你才能跟人家竞争，不先去做学生，哪一天才能做老师？只有先做学生，学成本事了，你总有一天会成为老师。"

也是秉持着这样的理念，2010年之后，三笑创立的全新牙刷品牌"可洁可净"飞速发展，截至目前，其年产量已突破4亿支。"经过几十年的发展，我们中国的牙刷已经达到国际一流的水准了。"从王宝勤的讲述中，可以明显感受到，他已经从30年前对国外牙刷品牌的"看憷了"，转变为如今对国内牙刷品牌的自豪。

展望未来，笑在明天

2020年初，一场突如其来的新冠肺炎疫情牵动了全国人民的心。在疫情的影响下，很多行业都或多或少受到了影响。但三笑集团副总经理张海

三笑生产车间内，工人们正在包装牙刷（汪鹏翀　摄）

平告诉记者，这次疫情对企业来讲，影响并不大，甚至复工后的产量与上年同期相比还有所增加。

"由于三笑集团 2019 年的销售额增长，所以我们 2020 年前就做了很多前期的招聘工作，疫情期间，我们在严格规范防疫措施前提下，包车去外地接员工，配合政府部门做好流调工作。"

据张海平介绍，2020 年 2 月 11 日，三笑就在杭集镇政府的关心指导下，成为区里第一家复工的企业。一手抓防疫，一手抓生产，三笑按照政府防疫要求购买了口罩、消毒液、红外测温仪，准备了隔离房间。员工如果由于疫情无法到岗，也依然有基本工资发放。

在这些应对中，三笑集团 2020 年复工后的产量反而比上年同期增长了约 20%，用工人数也得到了增加。

在王宝勤看来，随着科技的发展，未来"刷牙"对于人们来说可能会成为一件"非必需"的事，但不会改变的是，口腔健康是永恒的主题。也正因如此，对于三笑来说，未来的定位不仅是做牙刷，更多地将专注于口腔护理。"围绕口腔护理做精、做强，做成行业的巨人。"

"三笑，是'笑在今天''笑在昨天''笑在明天'。我们近期的目标是，先干他个一百年，远期目标是我们再干一百年！"说这句话时，王宝勤骄傲地笑了。

走向我们的小康生活

了不起的小镇

都产自这里
全球一半的牙刷

📍江苏省扬州市杭集镇

小镇视频

小镇专题

中国标准件之都——永年区

"标准件之都"
的不标准发育史

东方网·纵相新闻记者
陈浩洲　管竞　丁一涵

　　背着小烘炉，走街串巷打螺母。20 世纪 60 年代，河北永年人锻打标准件，闯出一片天的形象，在如今的河北省永年紧固件博物馆里依旧栩栩如生。

　　标准件，又称紧固件，属于机械基础零件，被誉为"工业之米"。地处河北省邯郸市北部的永年区，是全国最大的标准件集散地，年产值近 300 亿元，有着"中国标准件之都"的美誉。

永年街头的巨型紧固件雕塑（丁一涵　摄）

"标准件之都最大的标准就是用最高标准做出最小的标准件。"永年区标准件产业发展管理委员会副主任胡洪涛的这番话正是这座小城市大产业的最佳写照。

千家企业搞生产

走进河北喜力德五金制造有限公司成型车间，一组组机器正在忙碌地运转，但车间里的工人只有寥寥数人。

"生产一颗钻尾螺丝，需要经过冷镦、碰尾、搓丝等 10 多道工序。"车间主任杨学锋介绍，车间有 7 条生产线，由于信息化的推进，每条生产线只需 8 名工人。30 台机器组成一条生产线，每天可生产 240 万颗钻尾螺丝。

而喜力德公司仅仅只是永年 1700 多家标准件企业的其中之一。在这里，关于一颗小螺丝的竞争，无时无刻不在上演。

邯郸市美坚利五金制造有限公司同样是永年区的标准件龙头企业，该公司副总经理武月林告诉记者，公司对不同种类的产品实行差异化管理，重点发展应用于航空航天、高铁等领域高附加值的产品，同时逐步淘汰不利于长远发展的中低端产品。

河北喜力德五金制造有限公司成型车间（丁一涵　摄）

在武月林看来，企业要想发展壮大必须重视研发，公司组建了专业化研发队伍，每年拿出 10% 以上的利润额投入研发。"我们参与了外墙保温锚栓国家标准的制定，是国内唯一一家参编单位，另外三家参编公司均来自德国。外墙保温锚栓产品此前被广泛应用于北京奥运会、上海世博会场馆。"

经过 20 多年的发展，美坚利公司形成了外墙保温锚栓等五大产品系列，市场占有率不仅在国内外位居前列，其外墙保温锚栓系列产品，甚至在韩国市场占有率保持在 80% 以上。

国际化是美坚利公司未来发展的方向，武月林告诉记者："我们积极参与国际竞标，产品打开了国际中高端市场，就能避免同行业的中低端竞争。"

百万产品遍全国

为统筹产业发展，2004 年，永年县（2016 年撤县设区）成立了标准件产业发展管理委员会（以下简称"标发委"），作为县政府派出机构，行政级别为正科级。像这样为某个产业发展而专门设置职能部门，在其他地方并不多见。

永年区标发委副主任胡洪涛向东方网·纵相新闻记者介绍，永年标准件产业起源于 20 世纪 60 年代末期，最开始以烘炉手工锻造为主，锻打简单的螺丝、螺母，家庭作坊式生产为主要模式。

改革开放以后，永年标准件产业快速发展，生产加工企业、经销门店和从业人员迅速增加，整体产业规模不断扩大。同时，随着市场需求的扩大，用户对产品质量要求的提高，一批生产经营好、实力强的企业，纷纷投资扩建，更新设备，生产效率和产品质量大幅提高。

随着产业发展，生产中产生的工业废气、废水对环境造成极大破坏，永年标准件整个产业面临环保危机亟需转型。2017 年，在当地政府主导下，永年标准件行业刮起了"环保风暴"，很多企业因不符合环保要求被整顿甚至取缔。

胡洪涛说，区里按照取缔淘汰一批、规范提升一批、入园进区一批、

永年区标准件产业发展管理委员会副主任胡洪涛（丁一涵　摄）

整合重组一批、高端引进一批的"五个一批"原则整治提升标准件产业，分类施治、严禁"一刀切"的做法受到生态环境部和省政府充分肯定。

经过 50 多年的发展，永年区现已成为全国最大的标准件生产基地和集散中心。数据显示，全区拥有 1700 多家生产企业，年产量达到 430 万吨，产值达 279 亿元，产销量约占全国市场的 55%，标准件产业已步入良性发展的轨道。

家家户户出老板

在随记者到企业采访途中，永年区标发委网络商务科科长赵杰报的手机不时响起。赵杰报说，这些电话来自全国各地，大多数是外地客商咨询产品销售问题。

相比电话咨询，中国永年标准件城、国飞宇螺丝大世界、中国国际标准件产业城等大型市场的建成，为全国客商提供了更好的选择。

"市场集约化管理，方便入驻商户与客户双向选择。"永军紧固件智造有限公司销售经理陈静告诉记者，"有些商户只做销售，但我们有自己的工厂，自产自销是一种更为成熟的模式，也有利于企业长远发展。"

胡洪涛说，为推动产业健康发展，永年区打造了科技创新、物流交易、

美坚利五金制造有限公司车间里刚刚生产出来的一堆钻尾螺丝（丁一涵　摄）

信息检测、管理服务、人才服务五大平台。

经过 50 多年的发展，永年形成了"三十万人搞生产，十万大军出永年，千辆大车搞物流，家家户户出老板"的繁荣景象。

胡洪涛说："目前，全国县级以上城镇都有永年人开设的门市，如果你在某个地方看到卖标准件产品的门市中的销售人员，可以肯定地说，99%的都是我们永年人。"

（原文刊登于东方网 2020 年 10 月 19 日）

小锚栓的大管家

东方网·纵相新闻记者
陈浩洲　丁一涵

邯郸市美坚利五金制造有限公司副总经理　**武月林**

（丁一涵　摄）

　　外墙脱落砸伤路人，小零件缺损导致豆腐渣工程……类似安全事件每每见诸报端，总令人扼腕叹息。而悲剧的产生常常是细节的缺失，锚栓的质量正是这些建筑的"重中之重"。看似不起眼的小小锚栓，在人们的日常生活中却起着很大的作用。

　　武月林正是这一枚枚小小锚栓的"守护者"。2014年，在河北省邯郸市永年区扎根不久的美坚利五金制造有限公司正面临转型，在外打拼多年的武月林受邀返回家乡，成为公司高级管理人才，助力美坚利公司成为行业龙头，同时也让永年的锚栓走向了世界。

永年区街头的巨型紧固件雕塑（丁一涵　摄）

重质量，重科研

锚栓是标准件的一种，标准件，又称紧固件，属于机械基础零件。武月林所在的永年，是全国最大的标准件集散地，有着"中国标准件之都"的美誉。

现年 43 岁的武月林是美坚利公司副总经理，早年在温州一家电力紧固件企业任职。7 年前，刚扎根永年不久的美坚利公司面临转型，在外打拼多年的武月林受邀返回家乡，成为美坚利公司的高管。

武月林基础学历不高，但在行业里却是一把好手，早在 2006 年他就开始接触 ISO9000、ISO14001 等质量认证体系，并考取了注册安全工程师等多个执业资格证书。2019 年 10 月，已在行业摸爬滚打多年的他成功入选"邯郸市质量管理专家库"，成为质量管控领域的专家。

"产品质量是企业的生命线，99.9% 的质量问题都出在生产一线，仅靠质检部门抽查无法保证产品品质。"在武月林的主导下，美坚利公司摸索出了一套以全员参与为核心的质量管控体系，从一线工人、维修员到车间主任及后期的质检员，每个人都要对自己负责的产品质量进行检查，这样一来质量问题大多被消灭在了在萌芽状态。

武月林向记者回忆，2014 年底以前，美坚利公司的进口设备较少，随着新厂投入生产，公司淘汰了一批落后设备，90% 以上的设备都是从海外进口。工艺生产上，公司还配置了专业的质检人员和精细化管理人员，力求每一个生产环节都做到精益求精。

浸淫标准件行业多年的武月林深知，企业要想发展壮大，除了严把产品质量关，还要重视科研投入。"我们每年拿出 10% 以上的利润总额投入研发，如今公司的技术和研发人员占比达到 17%，研发设备和水平行业一流。"

说起技术人员，武月林向记者讲起了一个令人肃然起敬的故事。"2016 年，国外客户拿了一个产品来到永年，找了很多工厂都无法生产，最后找到了我们。我们的技术总监张朝一没看产品，仅凭螺栓落地的声音，就准确说出了所用钢材的材质，这让客户赞叹不已，最终我们顺利拿下了这笔订单。"

抓环保，抓升级

2017 年，永年标准件行业内刮起了"环保风暴"，不少企业因不符合环保要求而被整顿甚至取缔。谈起 3 年前的这场风暴，武月林至今印象深刻，当时全区仅有三家企业保留了酸洗磷化和电镀车间，美坚利公司正是其中之一。

"由于污水处理、废气排放均达标，当时主管部门经综合衡量，保留了我们的两个车间，确保了我们一条龙地完成产品的全流程生产。"

"环保首先得投入，达到环保检测的标准，这是企业的本分，也是应尽的社会责任。"武月林表示，公司从新厂投产之初，就把环保当成重点任务去抓，陆续投入近 2000 万元，其中水处理车间投入近 1000 万元，上马了油烟净化系统，确保废气排放的达标。

在他看来，企业发展要有前瞻性，2014 年开始建新厂时环保审批并不严苛，"但我们不能因为建了厂别人村里水都不能喝了，那不就成了历史的罪人吗？"

美坚利五金制造有限公司的工人们正在车间里为标准件产品装袋（丁一涵　摄）

　　抓环保无疑提高了企业的抗风险能力，3 年后，这一优势在"环保风暴"中得到体现，不少当地企业将产品的电镀工序交给美坚利公司来做，公司不仅赚到了"外快"，生产成本也得以降低。

　　如果说抓环保是一种先见之举，谋划产品转型则是包括武月林在内的决策者对未来的投资。

　　在永年，从事标准件生产的企业有 1700 多家，行业竞争激烈，生产低附加值的标准件是不少企业的选择。"最有效的竞争就是避开竞争！"刚入行不久的武月林就已经做出了判断，靠中低端产品没有发展空间，避开这种竞争另辟蹊径才是明智之举。

　　为此，美坚利公司对产品结构进行调整，重点发展附加值较高的产品，具体来说，就是逐步生产应用于航空航天、高铁、家电等行业的产品。"从技术层面讲，我们在建筑行业走在了前列，现在正积极申请军工资质，希望也能拿到进军高精尖领域的'敲门砖'。"

拼产品，拼市场

　　2014 年，武月林刚到美坚利公司不久就遇到老厂搬迁，这是他打的第一场"硬仗"。"当时我两地跑，从老厂下班后就到新厂值班，第二天天一亮又回到老厂继续工作，那半年时间是最累的，一天只休息四五个小时。"

2015年，美坚利公司投资5.37亿元、占地180亩的二期工程顺利投产。回忆起这场"硬仗"，武月林感慨良多，"大家都加班工作不谈报酬，那种团队奉献精神给我留下了深刻印象。"

十多年前，国内外墙保温锚栓主要依靠进口，美坚利公司高层参加国外展会时知道这一情况后就组织研发攻关，推出的产品价格与国外的相比一下子降了七八成，迅速占领了国内市场，公司的第一桶金正来源于此。

"我们最早参与了外墙保温锚栓国家标准JGT366-2012的制定，是中国唯一一家参编单位，另外三家均为德国企业。"武月林告诉记者，"公司产品广泛应用在北京奥运会、上海世博会等重大场馆的建设上，这集中反映了客户对我们的认可。"

据武月林介绍，为保持领先地位，公司对这一产品持续攻关，不断更换材料和工艺，半年时间投入近600万元。令人欣喜的是，不久，公司第四代产品的研发就取得了成功。

在永年标准件博物馆里展出的高端标准件产品，这些高端产品被广泛应用于航天、高铁、深海探测等领域（丁一涵　摄）

2014 年以前，美坚利公司产量不大，随着二期新厂的投产，如今的产能比 2017 年提高了近 20 倍，产品在国内市场的占有率也稳步提升。"我们的定位是'高品质紧固件制造专家'，中国是全球最大的紧固件市场，我们肯定要去抢占的。"武月林说。

如今，美坚利公司的产品已出口到美国、加拿大、阿联酋、日本、韩国等多个国家和地区，主打的外墙保温锚栓系列产品在韩国的市场占有率保持在 80% 以上。"我们积极参与国际竞标，产品一旦打开了国际市场，就能避免同行业的中低端竞争。"

天天与紧固件打交道枯燥吗？"我从没感觉到枯燥，中国制造业与国外相比还有一定差距，把紧固件产品做得更专业，在国外市场占有率高，我感觉有一种责任感。"武月林说。

（原文刊登于东方网 2020 年 10 月 19 日）

走向我们的小康生活

了不起的小镇

标准件集散地
全国最大

河北省邯郸市永年区

小镇视频

小镇专题

中国宠物食品之乡——南和区

中国的南和，世界的宠业。

邢台市南和区区委书记 李胜敏

宠物的
"美食之都"

东方网·纵相新闻记者
陈浩洲　管竞　丁一涵

河北省邢台市南和区，这座人口仅 39 万的小城，如今却吸引着大城市里数以千万计的"铲屎官"——每天，全国近 60% 的宠物粮正在从南和区走向大江南北。

经过 30 多年的发展，如今南和区宠物产业的年产值已高达 107 亿元，百亿元产业更是带动了 8500 家企业主体、6 万余人共同参与行业建设。

而南和区的"野心"似乎还远不止于此。如今，"中国宠物食品之乡"正在努力朝着"中国宠物产业之都"的方向迈进。

试水新兴行业

2016 年，孔令超和朋友联合创办了邢台博美宠物食品有限公司。而在此之前，他从事板材加工行业长达 16 年。

从一个更为熟悉的"舒适区"转投到另一个毫不相干的行业，孔令超的选择一度让身边的朋友很是困惑。"当时，我觉得宠物食品是一个向上的产业，客户人群较广，消费能力较高，比起板材行业更有发展前途。"孔令超向记者分析道。

孔令超执掌的博美公司，或许也是南和产业转型的一个缩影。

20 世纪 90 年代末，南和还是一个以板材加工、畜禽饲料等行业为主的城市。当时，宠物食品产业刚刚在南和起步，"吃螃蟹"的大多是当地畜禽饲料加工企业。

"当年南和县有不少饲料生产企业，市场已明显饱和。"南和区农业局方面向记者介绍，"当时南和一位招商局长考察时，看准了宠物食品这个行业，在他的鼓励下，一家饲料企业率先转型，并很快尝到甜头。"相比畜禽饲料，宠物食品生产更为便捷、利润空间更大，渐渐地成为了当地的热门产业。

随着行业的飞速发展，加之外部市场的变化，一批像孔令超这样的传统产业从业者也开始转向宠物食品行业，进一步助推了这一新兴产业的聚集式发展。

无论是板材加工，抑或是畜禽饲料，这两个当地的传统行业都与"高排放"息息相关。然而，走进雅顿宠物饲料科技有限公司，"环保"却是这个厂区最大的主题。

该公司总经理张士民是土生土长的南和人，投身宠物食品行业前开了20多年的铸造厂。他向东方网·纵相新闻记者表示，邢台是工业大市，一到冬季雾霾特别严重，投身新兴产业，环保必须走在国家政策的前面。如今的雅顿公司，其门禁系统可以对车辆实现自动化识别，国5排放标准以下的车辆不允许进入厂区。

邢台博美宠物食品有限公司联合创始人孔令超（丁一涵　摄）

"我们在设计厂区图纸时率先考虑的是环保问题，前期投入 100 万元安装了新风系统，最大限度减少废气的排放，公司执行的排放标准比肩国内一线城市。"作为一家宠物食品企业的管理者，环保是其选择这个行业的推动力之一，同样也是企业家所要践行的社会责任。

转型宠物保健

伊萨宠物食品，这个成立十余载的公司，目前共有员工 400 余名。然而初创时，这个当下南和的宠物食品龙头企业仅仅只有 4 间简陋的厂房和 6 名技术工人，模式也是粗放型的低端宠物粮生产。

2012 年起，伊萨开始谋求转型。该公司办公室主任王宏光告诉记者，当时公司进行了深度的市场调研，发现有许多顾客反映，爱犬到达一定年龄后，身体机能下降，生病次数增多，迫切需要一些保健宠物粮，能够做到"防病治病"，这和人年纪大了会注重保健是一个道理。

顾客的心声启发了伊萨公司的科研团队。此后，伊萨公司将中医"不治已病，治未病"的理念引入到宠物食品中，开展了对宠物出生、成长、成年到老年全生命周期的科学研究。通过加入红参、生地黄、天冬、麦冬、茯苓等中草药提取物，对产品进行了科学的配比和试验。

最终，"保健宠物粮"研发取得了突破，这也直接为该公司开拓了全新的市场。"我们现在一直在做产品研发和升级，占地面积 60 亩的二期园区正在规划中，力争把伊萨打造成新国货的代表企业。"王宏光说。

打造网店矩阵

突如其来的新冠肺炎疫情对南和宠物食品行业也是一场巨大考验。

在张士民看来，疫情凸显了"宅经济"的巨大潜力，"80 后""90 后"等社会主力消费群体对网络具有依赖性，宠物食品电商市场前景广阔。雅顿公司在布局京东、天猫、淘宝等传统店铺的基础上，又入驻了拼多多，公司未来还将大力推广旗舰店、专营店，打造网店矩阵。

而伊萨宠物食品从 2018 年开始组建了电商分公司，招募专业化的运营

邢台市伊萨宠物食品有限公司的宠物食品展柜（丁一涵　摄）

团队。疫情期间，产品线下销售受到了很大影响，但线上电商团队取得了长足发展，弥补了线下物流不畅等短板。

目前，南和区从事宠物食品相关销售的电商及销售商达8100家，注重品牌打造是南和宠物食品行业的一股"潮流"。记者走访发现，最近几年间，当地企业大多采用了多品牌战略，力推一到两款主打品牌，同时大力发展子品牌。例如博美公司现有萨牧乐等8个子品牌，而伊萨公司的子品牌已达到21个。

王宏光说："我们不断丰富产品线，根据宠物种类、年龄段和活动量等差异，调配不同的产品配方，满足不同宠物的需求，让用户拥有更多选择。"

建设产业之都

南和的宠物产业发展历程大致可以分为三个阶段：20世纪90年代到2006年是萌芽期，当地的饲料加工企业转型犬粮生产，宠物食品产业悄然起步；从2006年到2016年是稳步发展期，十余家企业乘势而动，逐渐在全国业内占据一席之地；从2016年至今是跨越崛起期，当地政府积极作为大力扶持，产业发展实现了由量到质的蝶变。

如今，南和这个著名的"中国宠物食品之乡"正在努力向"中国宠物产业之都"转型。

在博美公司的生产车间外，一个宠物饲养室十分引人瞩目。里面饲养了数十只泰迪等宠物狗，公司还专门配备了饲养员和管理员。在动态检测宠物食品质量的同时，专业的宠物医院也在这样的饲养室里孵化成长。

据介绍，由于与宠物相关的产业较为集中，一批与宠物相关的产业也正在落地南和，包括总部位于天津的瑞派宠物医院等目前都已在南和开设了旗舰店。宠物窝等周边产业也在南和蓬勃发展，而当地的猫砂产业，甚至已经占到了全国八成以上的市场份额。

而这正是南和的"野心"所在。南和人的目标并不仅仅只是做好宠物粮食，"宠物之都"的梦想对南和而言似乎并非遥不可及。

2020 年 10 月，南和举办了第四届中国·南和宠物产业博览会，博览会是南和宠物产业发展的重要抓手，来自国内外的宠物产业上下游产业链企业应邀参展。张士民说，"我们努力将南和的优质产品推介给海内外客商，要让全国乃至全球都能关注我们南和。"

（原文刊登于东方网 2020 年 10 月 18 日）

宠物食品企业的"环保经"

东方网·纵相新闻记者

陈浩洲　丁一涵

邢台雅顿宠物饲料科技有限公司总经理　**张士民**

（丁一涵　摄）

　　5年前，土生土长的南和人张士民一头扎进了宠物食品行业。而在此之前，他已在铸造行业沉浸多年。从锤钢炼铁到狗粮猫砂，几乎毫无关系的两个行业，注定了张士民需要"从零起步"。

　　5年后，曾经在铸造厂为环保问题"发愁"的张士民，转型成为了宠物粮食行业绿色环保的先行者。深知污染治理艰难的他，不仅让自己的企业大幅度减排，更为重要的是，通过他们的努力，创新和环保的意识已经在南和宠物行业从业者心中的"落地生根"。

"宠物食品是比较前卫的行业"

宠物食品最早起源于欧美。1860 年，美国电工詹姆斯·斯普拉特前往伦敦推销避雷针，当轮船到达英国以后，他偶然发现，狗狗特别喜欢吃被水手们丢弃的饼干。斯普拉特用面粉、蔬菜、肉加上水搅和在一起，做成了人类历史上的第一份"商业狗粮"。

和国外相比，中国宠物食品行业起步晚，但是发展迅速。地处河北省邢台市东部的南和县（2020 年撤县设区）是传统的农业大县，历史上被誉为"畿南粮仓"，畜禽饲料加工是当地的传统产业。

50 岁的张士民，在 5 年前创办了邢台雅顿宠物饲料科技有限公司（以下简称"雅顿公司"），致力于犬粮、猫粮的研发、生产和销售。他告诉东方网·纵相新闻记者，20 世纪 90 年代末，宠物食品产业开始在南和"发芽"。

"那时候老百姓还不富裕，宠物食品是比较前卫的行业。县里的招商局领导在外地考察时接触到了宠物食品。"张士民说，那时饲料的利润很低，一斤才挣几毛钱，而一袋普通的宠物食品往往能卖到几十元，比畜禽饲料翻了好几倍。

南和圈子比较小，就这样一传十、十传百，饲料加工企业开始纷纷转型。张士民说，当时国内还没有成熟的宠物食品生产企业，宠物食品的市场前景看好。

"环保必须走在国家政策的前面"

走进雅顿公司园区，记者感受最深的是环保。公司门禁系统可对车辆实现自动化识别，国 5 排放标准以下的车辆不允许入厂。

投身宠物食品行业前，张士民开了 20 多年的铸造厂，深知污染治理的困难。他向东方网·纵相新闻记者介绍，南和地理位置特殊，海拔低、风速小，气候地理条件不利于污染物扩散，加之传统的板材企业聚集，污染较大，一到冬季雾霾就特别严重。

雅顿公司生产的宠物食品（丁一涵　摄）

　　记者查看了最近 5 年的全国空气质量排行榜，邢台一直位列倒数前三。"我们这里有着全国环保看河北，河北环保看邢台，邢台环保看南和的说法。"张士民告诉记者，现在政府主管部门推行数字化监管。宠物食品行业是当地监管的重点之一。企业生产现场视频均和市环保局联网，主管部门在中央监控室里就可以看到企业的生产情况。

　　"投身新兴产业，环保必须走在国家政策的前面！"张士民向记者表示，雅顿公司在设计图纸时就考虑到了环保问题，前期投入 100 万元安装了新风系统，最大限度减少废气的排放，生产车间里闻不到异味。而这也大大减少了宠物食品企业的环保隐患。

　　宠物食品生产过程中需要热加工，而在雅顿公司，此前使用的是天然气烧锅炉。2020 年 9 月，公司今年响应环保要求，经过考察决定改为使用发电厂的剩余蒸汽。张士民说，这样的调整不仅符合了环保的要求，也为企业节省了生产成本。

"不复工复产就会有宠物饿肚子"

　　投资 2000 万元，占地面积 50 亩，设计产能 1 万吨，年产值 1 亿元。

走进偌大的生产车间，却看不到几个工人。

张士民告诉记者："我们的定位是科技型宠物食品企业，随着设备的更新换代，企业生产效率已大大提高，不需要太多的工人，但需要工人有更好的适应能力。"

雅顿公司规模目前不到百人，在一线从事生产的员工中，本科以上学历的就有 13 人。记者计算发现，公司的生产车间内，每 27 秒就有一袋狗粮从生产线下线。

为适应公司发展和市场需求，雅顿公司新建了研发中心、质检中心和一流的化验室，投资建设了宠物繁殖场和宠物诊疗机构。

突如其来的新冠肺炎疫情对南和宠物食品行业是一场巨大考验。"我们这些企业如果不加班加点复工复产，就会有宠物饿肚子。"张士民说，经与南和经济开发区管委会多次沟通，公司于 2020 年 2 月中旬率先复工生产。

他向记者表示，新冠肺炎疫情凸显了"宅经济"的巨大潜力，"80后""90 后"等社会主力消费群体对网络具有依赖性，宠物食品电商市场前景广阔，下一步公司将在电商领域加大投入。

（原文刊登于东方网 2020 年 10 月 18 日）

走向我们的小康生活

了不起的小镇

宠物食品生产基地
全国最大

河北省邢台市南和县

小镇视频

小镇专题

中国宫灯之乡——藁城区

屯头宫灯，走向世界。

石家庄市藁城区梅花镇党委书记 陈小峰

年产 1 亿对的
"中国宫灯第一村"

东方网·纵相新闻记者
陈浩洲　管竞　丁一涵

石家庄市藁城区梅花镇屯头村，这里是"藁城宫灯"的起源地。

走进这个历史悠久的村子，映入眼帘的是一个巨型宫灯雕塑。古色古香的设计和那挺拔的骨架，让人能清晰感受到那流传了 200 多年的"匠气"。而在村子迎宾大道的两侧，别具一格的宫灯，配上茂密的植被，又为这个看似平平无奇的村子平添了一丝富有现代感的"喜气"。

这里几乎家家户户从事宫灯制作，小小村落通过一代又一代劳动者的

无论何时，屯头村迎宾大道两侧都挂满喜庆的宫灯（丁一涵　摄）

付出，已然变成年产 1 亿对宫灯的产业集群。在这里，百年工艺得以传承至今；在这里，当代工匠正在将传统手艺融入现代品牌。

这里就是"中国宫灯第一村"——石家庄市藁城区梅花镇屯头村。

传承宫灯新工艺

宫灯，常常具有浓厚的地方特色。以屯头宫灯为代表的传统藁城宫灯，基本都是手工完成制作的。在选材上，以楠竹为骨、杭绸为表，椭圆形的宫灯色泽鲜艳，象征着红红火火、圆圆满满、喜庆吉祥。

"宫灯的制作流程非常复杂，细算下来有近 60 道工序。"藁城屯头宫灯博物馆讲解员李倩倩向东方网·纵相新闻记者介绍，从前的宫灯主要材质是竹签，手工生产效率低、产量小。

然而，随着科学技术的发展以及市场需求的改变，宫灯的生产工艺也在不断改良。如今，藁城宫灯的材质已由竹签变为钢丝，机械化程度也越来越高。

全新的生产工艺也为丰富的产业集群奠定了基础。记者走访发现，如今的藁城宫灯产业分工明确，既有生产宫灯骨架、外皮等零件的生产商，也有为宫灯提供设计、组装、销售等环节的供应商。

产业格局不断拓展，也为屯头村的百姓带来了便捷。在屯头村，一批批零件可以在村民的手中变成半成品，只需在村里进行组装就能完成制作。这不仅大大提高了宫灯生产效率，也让不少年龄较大的村民，可以足不出户从事生产。

"我们村当前生产的灯笼

屯头宫灯博物馆讲解员李倩倩（丁一涵　摄）

有纸雕、塑纸、木雕等 18 个系列 200 多个品种。"藁城宫灯协会会长白会平向东方网·纵相新闻记者介绍，村里几乎每家每户都从事宫灯及上下游产业。

"这个活儿得吃苦，但辛苦以后也有甜头。"谈及干了大半辈子的宫灯，白会平欣慰地表示，由于行业积极向好，村里的后辈们逐渐接过了前辈的衣钵，村里有大约 60% 的年轻人都在从事与宫灯相关的工作。

成为宫灯手艺人

程永涛是屯头村诚意灯笼厂的负责人，也是这个村子承上启下的"中生代"。从小在父亲身边耳濡目染，长大后他毫不犹豫地选择继承父业：做个宫灯手艺人。

2006 年，程永涛毅然拆掉了老房子，盖起了生产宫灯的新厂房。15 年的时间，程永涛白手起家，从无到有。如今一个年产 20 万对宫灯、产值约 400 万元的工厂，在屯头村忙碌地运作着。

记者采访时，恰逢国庆节前后，这正是宫灯销售的旺季。诚意灯笼厂几乎全员上阵，彻夜赶工。而订单需求似乎也在和生产速度"赛跑"，这厢员工加紧生产，那厢又有新的订单源源不断地出现。

在程永涛看来，屯头村的宫灯产业聚集效应正在显现。而像他家工厂这样的生产规模，在屯头村里只能算是"中等水平"。

屯头村的产业效应如今还辐射到周边的崔家庄、木连城等十多个村庄，带动了数万人就业，也使这些村走上了小康之路。

33 岁的董青是屯头村泽丰灯笼旗帜厂的一名女工，负责给宫灯贴"金条"，她在这里已经工作了 4 年，组装宫灯计件取酬，每月可以有 4000 元左右的收入。

董青告诉记者，自己来自邻村，在这里工作可以兼顾到家庭和农业生产。像董青这样到屯头村做宫灯的邻村村民还真不少。

宫灯产业有淡旺季之分，工厂用人也十分灵活。白会平向记者表示，一名工人每天大约能组装 200 个宫灯，自己家的工厂平时就三五个人，等

诚意灯笼厂的一位女工开心地向记者展示一个刚组装好的宫灯（丁一涵　摄）

到旺季时会有三四十人。"我们村生产的宫灯不愁销售，逢年过节，全国各地的经销商都会前来订购，其中包括许多老客户。"

近几年来，电商销售发展迅猛，村民们也非常感兴趣，据白会平介绍，村里定期组织电商培训，邀请专业人士开展讲座，提升大家的网络销售能力。目前，藁城宫灯的线上销售额几乎占到了全部销量的一半。

建设宫灯产业园

屯头宫灯发展势头良好，2018年10月，藁城区宫灯小镇入选"石家庄特色小镇"，宫灯小镇项目选址即为屯头村，规划占地面积1500亩。而占地面积300亩的宫灯产业园已经提上当地政府的日程。

"以前村里生产的宫灯大多是在本地流通，随着产业的壮大，屯头宫灯走向了全国市场。"李倩倩告诉记者，春节联欢晚会、国庆晚会等国家大型活动中都能看到屯头宫灯的身影，屯头宫灯还曾亮相北京奥运会、上海世博会等世界级舞台。

此外，屯头宫灯还走出国门，远销美国、英国、法国、俄罗斯、日本、韩国、新加坡等数十个国家和地区。

女工董青正在给宫灯贴"金条"（丁一涵　摄）

藁城宫灯是河北省省级非物质文化遗产，流传了 200 多年的藁城宫灯，不仅凝聚着藁城人民的智慧和汗水，使百姓过上了如宫灯般红火的日子，还给当地留下了宝贵的文化遗产。

2015 年，由当地政府和乡贤共同出资 500 万元建设的藁城屯头宫灯博物馆竣工，博物馆展厅面积达 1200 平方米，陈列着 300 余种宫灯，成为屯头村宫灯产业发展壮大的历史见证。

"我曾外出求学和工作，但是这里有我热爱的事业，我最后还是决定回到家乡。"作为藁城屯头宫灯博物馆的讲解员，李倩倩告诉东方网·纵相新闻记者，"从小到大接触宫灯，我感觉宫灯和我的生活息息相关。屯头宫灯如今走出国门，在海外也受到人们的欢迎，这些都是我们的骄傲。"

作为"中国宫灯第一村"，屯头村经常有外地客商前来考察，通过博物馆里的展品，越来越多的人能够了解到屯头宫灯的历史。李倩倩说："希望大家不仅是看到宫灯独特的外观，更要了解它的悠久历史和传统工艺，因为它是我们中华民族的宝贵文化遗产。"

（原文刊登于东方网 2020 年 10 月 20 日）

他做的大红灯笼挂上了天安门

东方网·纵相新闻记者
陈浩洲　丁一涵

藁城宫灯传承人、藁城宫灯协会会长　**白会平**

（丁一涵　摄）

　　石家庄藁城屯头宫灯博物馆，53岁的白会平正在和来往的客商、伙伴、乡亲聊着藁城宫灯的"前世今生"。从生产工艺到产品历史，从产业格局到发展趋势，白会平总能滔滔不绝，神采飞扬。

　　一个个精致的大红灯笼是白会平职业生涯的高度浓缩。他是藁城宫灯传承人，也是藁城宫灯协会会长。但比起这些身份，他似乎更愿意称自己是屯头村无数宫灯从业者中的那颗"螺丝钉"。

屯头村村头的巨型宫灯雕塑（丁一涵　摄）

"如今宫灯制作机械化率已超过 60%"

白会平出生于"中国宫灯第一村"屯头村。这个土生土长的"村里人"，祖上三代制作宫灯，如今他本人也是河北古今灯笼有限公司的总经理。

16 岁起，年少的白会平就开始跟着父亲学习制作宫灯，每天周而复始地选材、雕刻、打磨、画图……"挖竹篾、洗竹竿、钻座眼儿，一盏小小的宫灯不仅制作工艺复杂，而且样样靠手工作业。"

"那时候做宫灯非常辛苦，就跟做木工活一样，学这门手艺的人很少。"靠着吃苦耐劳的精神和老一辈传下来的精湛技艺，扎实的白会平很快在行业中崭露头角。

1997 年香港回归前夕，当时年仅 30 岁的白会平，亲手制作了一批大红灯笼，而这批产品在当年香港回归时，挂上了天安门城楼和国家博物馆等重要地标建筑，也成了那段历史的美好回忆。

"出道即巅峰"的白会平，并没有因为年少成名而停止奋斗的脚步。在

体现中华民族伟大复兴的主题灯笼是最热销的灯笼（丁一涵　摄）

见证历史的同时，他还亲历了藁城宫灯手艺的变迁。

据白会平介绍，20世纪80年代，屯头村人制作宫灯还是靠纯手工。直到90年代，通过利用电锯、电钻等电动工具，半机械化生产才开始普及。到了2000年以后，随着注塑机的应用，宫灯的生产效率才开始不断提升，如今宫灯制作机械化率已超过60%。

"以前我们全靠手工，一天做不了几个，现在如果有五六个工人，一天组装1000个完全没问题。"白会平如此诉说着藁城宫灯制作的变化。

"这是个辛苦活儿，但辛苦以后也有甜头！"

2005年，藁城区委、区政府牵头成立了藁城宫灯协会。"工厂可以申请加入协会，但我们对产品质量、销售都有一定要求。"白会平说，宫灯协会是联系全区宫灯行业的纽带，遇到原材料紧张，协会会统一进购，销售遇到困难，协会也会伸出援助之手。

作为协会会长，白会平的职责就是关注全区宫灯产业的发展。他向东方网·纵相新闻记者表示，近年来，藁城宫灯将现代科技融入到传统工艺中，无论是在质量上还是质地上都独占鳌头。

屯头村的家家户户门前几乎都摆放着宫灯（丁一涵　摄）

记者了解到，藁城全区目前有宫灯生产企业 1100 余家，年产 1 亿对宫灯，年产值达 15 亿元，占据中国灯笼市场 80% 的份额。

据白会平介绍，村里还将党建与宫灯电商联系起来，推出了"红色电商培养计划"，目标是将电商骨干培养成党员，将党员培养成电商骨干，将党员电商骨干培养成为"红色电商达人"。

宫灯产业欣欣向荣，如今村里的年轻人在从事宫灯产业的也越来越多，大约占 60%，不少外出的年轻人也回到村里。宫灯传承后继有人，这让和宫灯打了大半辈子交道的白会平欣慰不已："这是个辛苦活儿，但辛苦以后也有甜头！"

（原文刊登于东方网 2020 年 10 月 19 日）

走向我们的小康生活

了不起的小镇

中国宫灯第一村

河北省石家庄屯头村

小镇视频

小镇专题

东方网
eastday.com

中国罐头第一镇——地方镇

好山好水好地方！

平邑县地方镇镇长　徐长胜

这个"地方"有罐头

东方网·纵相新闻记者
马旭　卞英豪　蔡黄浩　丁一涵

有罐头的地方就有"地方"的罐头。

在山东省中南部，有一个小镇因为罐头闻名于世，它的名字就叫地方镇。它的产品不仅远销 30 多个国家和地区，也广受国人喜爱，全国近三分之一的果蔬罐头都出自这里。

2020 年 9 月，东方网·纵相新闻记者来到了这个"中国罐头第一镇"。走在街上，随处可见罐头厂家：康发罐头、蒙水罐头、玉泉罐头……这个面积仅为 157 平方公里的小镇里，共有罐头加工及相关配套企业 102 家，其中更有三家被评为中国罐头十强生产企业。

小镇与罐头如何结缘？又曾经历过哪些不为人知的故事？未来它又将走向何方？带着这些问题，记者走进地方镇，为您探访它的故事。

缘起

地方镇地处我国暖温带，光照充足，无霜期长，具有得天独厚的地域、气候、土壤等优势，盛产桃子、山楂、梨、葡萄等水果。当地以前有"两个济宁州，赶不上一个大峪沟"的俗语，形容其物产丰富。

而这些"上天的恩赐"却在 20 世纪 80 年代给当地带来了"甜蜜的烦恼"。

彼时，当地果蔬行业蓬勃发展，几乎家家户户都以果树种植为业，产

添加糖水，是罐头的美味秘诀（丁一涵　摄）

量巨大，但因交通闭塞、产业结构单一加上不易存储等原因引起水果滞销，浪费极大。

惋惜于烂在地里的果子，时任西岳庄村党支部书记的刘广文一直在研究该如何解决这一问题。功夫不负有心人，终于有一天，他从报纸上发现了办法：做水果罐头！

1983—1985 年，刘广文查遍罐头制作资料，借钱外出学习，经过一年多的实验，终于用一口大锅成功熬出了 8 瓶罐头。后来他成立了平邑蜜龙罐头厂，注册了"平波"商标，随着罐头慢慢推向市场，销量越来越好，刘广文成了全镇有名的"万元户"。

"一人富不算富，一起富才是富"，率先富起来的刘广文决定带领村里人共同致富。

他创办了多期罐头加工技术班，毫不保留地把技术传授给村里人，深入农户帮他们"支大锅、蒸罐头、奔富路"。很快，地方镇的罐头加工厂如雨后春笋般兴起，最多的时候发展到 300 多家，更多的人借此走上了致富的道路。

涅槃

快速而无序地扩张也为地方镇罐头产业发展埋下隐患。2004 年中央电视台曝光地方镇部分罐头食品厂违规使用工业火碱和滥用食品添加剂，2006 年又因污染问题被环保部门挂牌督办。

一时间，地方镇罐头积累多年的信誉遭到毁灭性打击，行业洗牌随之而来，当地罐头产品销量呈断崖式下滑。

大浪淘沙始见金。一直注重产品安全与创新的康发食品饮料有限公司却逆势上了一条新生产线，普通梨从进厂到成为罐头成品，只需 40 分钟，而且不用染色都能保持雪白的品质。

康发食品是刘新才于 1989 年创立，是当地最早做外贸罐头生意的。参与国际市场竞争的刘新才深知质量是企业生存发展的根基，不能有丝毫投机取巧。

在原料选择上，康发食品通过自建黄桃、草莓等水果生产基地，直接从源头把控。刘新才还在企业内建立健全了质量管理部门、生产部门、车间班组的三级质量检验体系，并在每个生产环节安装监控系统，实施对产品生产过程的严格监控，整个流程形成了一套严密的质量管理网络，保证

质量不佳的黄桃果肉将在这个环节中被筛选出来（蔡黄浩　摄）

了食品安全的有效控制。

地方镇宣传委员孙扬向东方网·纵相新闻记者介绍："为了规范生产，确保产品质量，当时镇上和企业在原料质量、生产流程以及出厂产品检测等流程上下了大功夫。"

"首先企业自建水果产业园，保证果源在入厂时就有较好的品质。其次，在生产车间安装监控设备，规范生产流程。最后，镇上也建立了产品检测中心，确保出厂的罐头农残等各项数据优于国际指标。"他强调，罐头质量得以保证的同时，地方镇罐头企业生产所造成的污染问题也得到了重视。

因为罐头生产过程中离不开水，所以首要解决的就是污水处理问题。当时镇上采取了两种方式来解决，一是有能力的大企业自建或企业之间合建污水处理厂，二是对一些中小企业，乡镇采取帮扶政策，为它们建立专门的污水处理厂。

对于生产残余的果皮、果渣和下脚料等物料，地方镇则玩起了"变废为宝"。首先是对下游产品再利用，使用果皮、果渣提取多糖，制作果汁产品。其次，生产后残余的废渣、下脚料以及污水处理后的淤泥，经过加工处理变废为宝，作为农用有机肥循环利用。

成长

一颗水果从开始采摘到进入工厂加工需要多久？在地方镇，这个答案是 4 个小时。

"30 多年的罐头加工历史已经让我们的罐头产业步入成熟。"地方镇镇长徐长胜向东方网·纵相新闻记者表示。

据了解，地方镇目前已经成长为以果蔬罐头加工为主体，果品生产、印铁制罐、玻璃制品、彩印包装、信息中介、物流配载、建筑安装、餐饮服务等相关产业蓬勃发展的省级果蔬罐头产业集群。"在果品生产、加工、包装与物流上做到了一条龙服务。"

除了产业集群已较为成熟外，地方镇也在紧随时代，积极拓展电商销售模式。培育发展康发、玉泉、奇伟等 10 余家电商骨干企业，实现了罐头

地方镇镇长徐长胜（丁一涵　摄）

黄桃罐头成品（蔡黄浩　摄）

产业与电商深度融合。

其中，"康发罐头"推出的"桃不掉""梨不开""楂不散"等多款创意产品线上销售额累计突破了 1 亿元。

对于地方镇未来的发展，徐长胜作出了展望："下一步，将围绕中国水果罐头之都的品牌打造，进一步拉长产业链条，做足产品创意文章，并完善产业链条循环发展，真正实现有罐头的地方就有'地方'的罐头。"

（原文刊登于东方网 2020 年 10 月 16 日）

刘氏父子坚持 30 年的习"罐"

东方网·纵相新闻记者
马旭　卞英豪　蔡黄浩　丁一涵

康发食品饮料有限公司总经理　**刘鹏**
（蔡黄浩　摄）

对刘鹏的采访是在罐头生产车间开始的。

这位康发食品饮料有限公司的总经理穿着简单，一件黑色 T 恤与同色西裤，头发上罩着蓝色的防护头套。"你们别看这车间不大，但不少设备都是咱们自主研发的。"他言语间满是自豪。

"康发罐头厂"是刘鹏的父亲刘新才在 1989 年 6 月创办的。4 年前，刘鹏从美国留学归来，这家位于山东省临沂市地方镇的"中国罐头十强生产企业"才逐步交棒到了他的手中。

"最初康发就是一个 35 平方米的农村小作坊，现在已经发展成为五六百人规模的企业，我们用家乡的水果在罐头行业锻造出了自己的品牌。"刘鹏的话铿锵有力。

坚守品质

刘鹏认为，自己从父亲那里收获最大的是两个字：坚持。"从我父亲创业到现在，30 余年间，我们只做了罐头这一件事情，中间有很多机会我们可以转行，但是他没有选择别的。"

刘新才的坚持体现在了两个方面：食品的安全与创新。

2004 年中央电视台曝光地方镇部分不法企业用染色水果罐头来牟取暴利。经有关部门清查，60% 的企业关闭整顿。而此时，康发食品逆势新上了一条生产线，普通梨从进厂到成为罐头成品，只需 40 分钟，而且不用染色都能保持雪白的品质。

"因为我父亲是地方镇上最早做外贸罐头生意的，深知罐头厂能开下去，食品安全与质量是关键，所以在这点上一直抓得很严。"

在水果原料的选择上，康发食品也拿出了"真功夫"。通过加大原料基地建设，康发食品先后建成了标准化黄桃生产基地 7000 亩、草莓生产基地 3000 亩、黄梨生产基地 4000 亩，建立起科学规范的"公司＋基地＋农户"的产业化运作模式。

此外，为保证产品质量，刘新才更是制定并完善了一系列规章制度，建立健全了质量管理部门、生产部门、车间班组的三级质量检验体系，并在每个生产环节安装了监控系统，实施了对产品生产过程的严格监控。

而说起刘新才对产品创新的追求，则不得不提他与俄罗斯客户的一个故事。

2009 年，得知一位俄罗斯商人在青岛寻找蘑菇罐头，刘新才嗅到商机，连夜赶回工厂，召集研发人员，当晚研发制作了 10 多款不同配比的罐头。

"天还没亮，我父亲又开车回了青岛，跟客户介绍产品。最终俄罗斯人基于研发能力以及对客户的重视程度等多重因素的考量，让我们拿下了订

仓库内堆积如山的罐头成品（丁一涵　摄）

单，从此我们的产品火速打进了俄罗斯市场。"

此后，刘新才又针对不同的国家开发出 130 多种蔬菜罐头，获得各项专利 17 项。

如今，康发在国际罐头市场已占据一席之地，它生产的草莓、双孢菇、黄桃、山楂等果蔬罐头远销德国、俄罗斯、澳大利亚、智利、南非等 60 多个国家和地区，摆进国外沃尔玛等大型商超，年出口创汇达 5000 万美元。

适应潮流

刘鹏记忆中童年的味道是酸甜的，是四处飘香的糖水，更是颜色各异的水果。"我是 1990 年出生的，那时候我父亲刚把罐头厂开起来，反正自打我记事起，就没离过罐头。"

初中开始，每逢假期刘鹏就会被安排到自家的罐头厂工作。"那时我基本都会在生产车间轮岗，筛选果品、处理包装分拣，这些我都做过。"

2016 年，留学归来的刘鹏从父亲手中接下康发罐头厂。"那时候我才明白，生产一线轮岗经验的重要性，只有对自家产品足够了解，才知道哪些该坚持，哪些需放弃，哪些又该突破，从而更贴合消费者的口味。"

制作完成的罐头将被分类储存（丁一涵　摄）

据了解，为贴合现代年轻消费者的习惯，康发食品厂在原有传统果蔬罐头的基础上，开发出了酸奶、西米露等多种新款水果罐头。此外，"康发罐头"也大力发展电商产业，开创多款电商产品。

坚持品质与创新的康发公司在 2020 年这场疫情大考中更是逆流而上、表现不俗。据了解，在疫情期间，康发公司整体销量与上年同期相比，出口增长了 20%，内销增长了 17%。

"这首先要得益于罐头的特性，易保存，疫情期间大家出门少了，自然拉动了罐头的消费。同时，这也是对我们多年坚持质量的一个肯定！"刘鹏说。

如今，康发公司先后被国家农业部评为"全国农产品加工出口示范企业"荣膺"中国罐头十强生产企业""省级农业产业化重点龙头企业""山东省先进民营企业"称号。

在地方镇这片中国最大的水果罐头生产基地之上，二代人的故事还在延续着他们的传奇。

（原文刊登于东方网 2020 年 10 月 16 日）

走向我们的小康生活

了不起的小镇

果蔬罐头生产基地
全国最大

山东省临沂市地方镇

小镇视频

小镇专题

假睫毛之乡——大泽山镇

　　打造"青烟潍城市群会客厅的山水画"和"青岛辐射带动半岛一体化发展桥头堡的瞭望台"两张靓丽名片。

平度市大泽山镇镇长　姜晓霞

小睫毛
大讲究

东方网·纵相新闻记者
卞英豪　马旭　蔡黄浩　丁一涵

"蓬山海上来，峰峰气磅礴。"

《桃花扇》作者孔尚任笔下的大泽山，峰峦叠嶂，蔚然峻削。数百年后的今天，峻岭环伺的大泽山镇，勤劳果敢的劳动者们又开启了另一段磅礴的历史——一款款别具一格的假睫毛，正从大泽山走向全世界。这个6万人口的小镇，生产了全国 80% 的假睫毛产品，贡献超过 40 亿元的产值。同时，"大泽山假睫毛"更是占据了全球 70% 的市场。从"国际天后"麦当娜的水貂钻石假睫毛，到备受女性青睐的素人产品……背后几乎都有"大泽山制造"的影子。

假睫毛，真手艺。大泽山镇，这个因风光秀丽远近驰名的小镇，如今正通过假睫毛产业，将美丽带给全球女性。

洋品牌，中国货

比对、修剪、拉缇、按贴、固定……匈牙利男人布尔坦斯戴上了一款热门的假睫毛，瞬间化身"电眼芭比"。新冠肺炎疫情期间，在境外电商平台亚马逊上，这款贴上了西方名牌的产品，销量和热度的增幅均是平台美妆榜的榜首。

用布尔坦斯的话说，自己是一个标准的"钢铁直男"。此前，他远赴重洋，来到千里之外的山东省平度市大泽山镇，为的却是一个万千女性的心

从材质到款式，有大量不同种类的假睫毛可供选择（丁一涵　摄）

头所好——假睫毛。

"来到这里，我瞬间理解了，为什么我们国家的女性喜欢来自中国的假睫毛。"在大泽山镇的假睫毛企业伊彩美尔，布尔坦斯感慨道："在这里只有你想不到的产品，没有他们做不到的假睫毛。"

3D水貂、5D人造、磁力、亚克力……一款款长度仅几十毫米的小小睫毛，背后却有大大的门道。伊彩美尔负责人原新华告诉东方网·纵相新闻记者："目前，市场上的假睫毛种类超过千款。但在大泽山，琳琅满目的产品类型，纷繁复杂的工艺标准，早已是家喻户晓。"

年届不惑的原新华，从事假睫毛行业已近10年。而大泽山镇结缘假睫毛，可以追溯到20世纪90年代。"假睫毛在欧美流行了几十年。那时的中国姑娘也开始注重自己的妆容。国内的假睫毛产业正是从那时开始萌芽。"

"那时，村里都是像我们这样的农户，没有资本，也没有技术。谁也没想到产业会越做越大。"20多年来，大泽山先后兴起过皮包加工、家禽养殖、餐饮服务等行业，但唯有假睫毛产业经久不衰。"因为入局早，加上不断摸索，大泽山形成了完整产业链。这里的假睫毛质量一流，关键还便宜。"

10 多年前，当人们提起大泽山，更多想到的是秀丽的风光，可口的葡萄。如今，假睫毛之于大泽山镇，已是一张烫金的名片。

没有环境的依托，没有资本的支持，也没有技术的背景，大泽山人做假睫毛，从一开始就没有优越的"起跑线"。"之所以能取得今天的成绩，更多依靠的或许是持续地坚持和不懈地努力。"原新华表示。

假睫毛，真手艺

一款优秀的假睫毛产品具备哪些特质？这个爱美女性心中的困惑，同样也是大泽山镇的"工匠"们所思索的问题。

"在我看来，好的假睫毛一般具备 5 个特点：材料环保、嫁接自然、佩戴舒适、定型持久、气质出众。"谈起假睫毛，同样自诩"钢铁直男"的陈春杰也是头头是道，"但最根本的只有一点——用户满意的假睫毛才是最好的。"

目前，陈春杰所管理的欣瞳汇睫毛厂，其假睫毛产品远销美国、英国、德国等全球 50 多个国家和地区。"一些欧美国家的企业，很多都是回

一盒即将远销他乡的假睫毛（丁一涵　摄）

一对假睫毛的成型，要经过 10 余道工序（丁一涵　摄）

头客。"

优质的服务，创新的产品。陈春杰的理念正是大泽山假睫毛产业的缩影。在大泽山镇，每天都有成百上千副假睫毛运送出货，甚至漂洋过海。而这一副副批发价仅为几元钱的假睫毛，却是大泽山劳动者的"匠心之作"。

压毛、合毛、上线、切毛、卷管、晾干、加热、定型、刷胶……小小的假睫毛，从原材料到出厂，需要经过 3 个车间，超过 10 道工序，才能成为女生眼中那"迷人的无可救药"的"长睫毛"。

而这每一个步骤都充满了独到的"学问"。从卷管的力度掌握，到加热的温度控制，从睫毛的卷曲度所形成的立体感，到定型所呈现的美感，大泽山的假睫毛之所以能为女性带来美丽体验，背后正是这每一道工序的独具匠心。

大泽山，大野心

在一代又一代大泽山人民的努力奋斗下，这个遍布古迹的历史小镇，正在全民奔小康的路上谱写着一个又一个奇迹。

大泽山镇宣传统战委员石磊（蔡黄浩　摄）

据大泽山镇宣传统战委员石磊介绍，目前，大泽山拥有专业的假睫毛加工户 800 余家，注册个体户 420 余家，覆盖 60 余个村庄，直接带动就业超过 6000 余人。如今的大泽山镇已经形成了一条涵盖设计、定制、加工、包装、销售、物流、外贸等完整的假睫毛产业链。

成为行业明星的同时，大泽山镇正逐步发展成为中国最大的假睫毛产业集散基地。目前，大泽山镇的假睫毛产业年产值可达 40 余亿元，占全国产量的 80%，全球产量的 70%。

但对大泽山的假睫毛产业而言，他们的"野心"似乎远不止于此。在"大泽山制造"驰名全球的同时，如今的大泽山人正寄希望于打造"大泽山假睫毛"品牌。

"全球各地遍布大泽山制造的假睫毛，但市场上对大泽山的品牌却知之甚少。"由于长期从事 OEM（委托生产）和 ODM（贴牌生产），大泽山假睫毛在品牌建设上略显薄弱。"我们有完整的产业链，优质的产品，良好的口碑，庞大的市场，唯独缺少的就是一流的品牌。"石磊说道。

这也与大泽山镇人民政府这一"大管家"的想法不谋而合。据介绍，2020 年，大泽山镇加快了实施"品牌战略"。在推进基础设施配套建设的同时，镇政府加大了行业的扶持力度，争取税收返还政策并规范企业运转。未来，大泽山镇计划进一步推进产业园区化发展，逐步形成辐射带动效应。

　　行业创新改革，民众齐心奋斗，政府大力推动。如今，原新华和陈春杰所在的假睫毛企业均拥有了旗下的独立品牌。而陈春杰则将自己的品牌命名为"一笑盛扬"，这似乎也恰如其分地描绘了大泽山人从事假睫毛产业的初心——"期待来自大泽山的假睫毛，能让全球女性更加神采飞扬，微笑胜似阳光。"

（原文刊登于东方网 2020 年 10 月 14 日）

昔日种土豆，今朝"种"睫毛

东方网·纵相新闻记者
卞英豪　马旭　蔡黄浩　丁一涵

欣瞳汇睫毛厂管理者　**陈春杰**
（丁一涵　摄）

　　适逢佳节，在上海打拼多年的卢璇，回老家参加闺蜜婚礼。临行前，她把一盒小物件放进了梳妆包——这既是她素日里的"美丽密码"，也是她给闺蜜带去的"小惊喜"。

　　千里之外的山东省平度市大泽山镇，"钢铁直男"陈春杰在自己的眼睛上"种"了一副自己公司研发的假睫毛，他正在实测的这款产品，是多位欧美女星所热衷的爆款，也是"上班族"卢璇梳妆包内的同款。

　　"小酒窝，长睫毛。"流行歌曲中那"迷人的无可救药"的"最美记号"，在现实中似乎找到了参考答案——一款款别致的假睫毛，正成为都市

假睫毛，女性追求美丽的小道具（蔡黄浩　摄）

女性追求美丽的"小确幸"。

假睫毛是怎样炼成的？如何鉴别优质的假睫毛？在大泽山镇——这个生产了全国 80% 的假睫毛，同时占据全球 70% 假睫毛市场的"睫毛小镇"，正在努力向全球女性展现假睫毛的真手艺。

秘密

作为女性的独特妆饰，假睫毛可谓历史悠久。早在公元前 100 年，古罗马就有了关于假睫毛的记载。当时，古罗马的女性使用烧焦的玫瑰花瓣和枣核，与煤灰和锑粉混合，涂抹在睫毛上，以此来展示自己的忠贞。

现代女性使用假睫毛可以追溯到 1916 年。在"美国电影之父"格里菲斯执导的《党同伐异》中，女演员希娜·欧文在表演时贴上了假睫毛。这款假睫毛由人工毛发组成。有趣的是，她使用的胶水是用来粘贴男演员假胡子的。格里菲斯称欧文的睫毛"像扇子般拂拭着眼帘"。

好莱坞女星的妆容迅速引发了效仿。20 世纪 30 年代起，假睫毛在欧美女性中已是广泛盛行。据统计，在 20 世纪 60 年代，美国假睫毛制造商 Andrea 生产出了 20 多款不同的假睫毛，其累计销量超过 2000 万副。"在大泽山镇，至少有上千种不同款式的假睫毛正在量产，并销往全球的各个角落。"如今，在中国，假睫毛已是万千都市女性的心头所好。与此同时，"中国制造"的假睫毛也正在风靡全球。

1998 年，群山环伺的大泽山镇，人们普遍以务农为主。当地人高善敏

一位姑娘正在试戴假睫毛（蔡黄浩　摄）

从亲戚口中得知了一门"很赚钱"的生意。在当时的长乐镇，① 他"秘密"开设了一家假睫毛工厂。这座工厂的前身是做假发的，厂里的工人有的是种土豆的，有的是种葡萄的。

"那时候，假睫毛是工人一根根贴上去的。假睫毛的生意则是一步步跑出来的。"那一年，高善敏跑遍广州、深圳、义乌、武汉等城市，将一盒盒小小的"假睫毛"推销到全中国。"当时，中国的大城市里有 5000 万名适龄女性，假设她们一年戴 10 副假睫毛，那时的市场年需求量就是 5 亿副。这是一个庞大的市场。"

1998 年，"第一批吃螃蟹"的高善敏的年收入已超过 20 万元。当他开着新车回到村里，"秘密"再也守不住了。大泽山镇的假睫毛产业就此铺开，而大泽山的假睫毛也开启了其风靡全球之路。

爆款

2013 年，英国维多利亚阿尔伯特博物馆曾展出了一副"水果姐"（Katy Perry）戴过的假睫毛。这副假睫毛由诞生于 1946 年的 Eylure 公司提供。Eylure 公司曾为伊丽莎白·泰勒、妮可·基德曼提供假睫毛。此外，他们同样也为英国皇室提供特供产品。

---

① 长乐镇已与大泽山镇合并成为今日的大泽山镇。

但你或许不知道的是，包括 Eylure 在内，这些让各路欧美女星"电力十足"的假睫毛，大多拥有同一个标签——大泽山出品。

目前，人口大约 6 万人的大泽山镇，拥有专业假睫毛加工户 800 余家。"大泽山的假睫毛漂洋过海，贴上名牌，就成了令欧美女性趋之若鹜的美妆产品。"

刚过而立之年的陈春杰，是大泽山假睫毛产业的一员。大学毕业后，陈春杰曾当过船员，几年前，他回到了从小长大的大泽山镇，做起了假睫毛生意。

"在大泽山做假睫毛，你能想到的这个产业的方方面面，这里都有。"据悉，目前，大泽山镇已形成完整的睫毛产业链。对陈春杰来说，在一套完全成熟的模式面前，他要用创新来"破局"。

一副小小的假睫毛如何创新？陈春杰有他自己的生意经。

"没有女生不爱美，但会有女生嫌麻烦。比如，有些用胶水的假睫毛，在拼接时需要费一点功夫，就会让一些女生望而却步。"在发现了用户的"痛点"后，以陈春杰为代表的大泽山人很快想到了应对之策。

如今在陈春杰的工厂，一款款"磁力假睫毛"完美地解决了这个问题。"不用胶水，就能和女生的眼睑无缝衔接。"不出意外，这一系列的创新产品已经成为当下国内外的"爆款"。在海外电商平台亚马逊上，"磁力假睫毛"成为疫情期间热度和销量增幅最大的美妆产品，而这些品牌大多由陈春杰以及大泽山的工厂代工。

与 20 多年前的"睫毛一代"高善敏们所不同的是，像陈春杰这样的大泽山"睫毛二代"也将更多科技的元素融入了生产。除了随处可见的机器装订外，机械识别、3D 打印等全新技术让"假睫毛"生产更智能，也让产品更贴近用户的需求。

一系列的创新也为陈春杰成功打开了市场。据他介绍，其管理的欣瞳汇睫毛厂平均日成交量高达 5 万盒左右，其中八成的客户来自海外 50 多个国家和地区。

匠心

当然，产品的创新仅仅只是大泽山假睫毛驰名海外的原因之一。在陈春杰看来，大泽山的假睫毛备受欢迎的根本原因还是源自其"匠心"。

一副小小的假睫毛，从原材料到出厂，需要经过 3 个车间，超过 10 道工序，才能真正成为女生眼睑上的"小美丽"。

在十几道工序中，每一道都大有讲究。例如，在完成睫毛的剪裁后，工人会将已有形状的产品进行"卷管"，此时，卷管的角度和力度将直接决定睫毛的卷翘程度。而陈春杰厂内的熟练工，可以精确地掌握其中的"窍门"——怎么卷就怎么翘。

从事假睫毛行业至今，陈春杰有个不变的习惯，就是在客户定制的产品出厂前他亲自试戴。而在试戴过程中，也让他这个"钢铁直男"对假睫毛有了独特的理解。

"好的假睫毛首先原材料得过关，这直接决定了假睫毛的质量。"陈春杰介绍，假睫毛的质量也有多个评判角度，"首先其定型效果要持久，如果一款假睫毛用了一天就变形了，是无法符合我们的质量要求的。其次是嫁接要自然，好的假睫毛你是无法看出它的'假'，它就像天然的睫毛一样自然。"

款式上，假睫毛有对毛、密排之分；材质上，有水貂毛、马毛、化纤、亚克力等各种不同的用料；在长度、密度、弯度等不同维度，假睫毛也有难以计数的多种款式。不过，在陈春杰看来，无论款式如何迭代，最好的假睫毛类型有且只有一种——适合用户的。

从事假睫毛行业数年来，陈春杰通过实践总结出了不同客户的不同需求，例如，长度 12—16 毫米，根数多，排布密集的产品更受欧美女性青睐，而中日韩为代表的东方女性则更喜欢 8—12 毫米、卷曲度较小、根数较少的款式。

"听到客户的好评，看到用户的点赞，让我相信一切付出都是值得的。"如同一代又一代的大泽山从业者，陈春杰同样把假睫毛视作其追逐的梦想，而女性美丽的容颜正是那理想的源泉。

"期待女生戴上我们的假睫毛后，能展现出更为迷人的双眸。也期待那精致美好的妆容，能为广大女性带来快乐、自信、勇气。"

（原文刊登于东方网 2020 年 10 月 14 日）

走向我们的小康生活

了不起的小镇

全球70%的假睫毛 都出自这里

山东省平度市大泽山镇

小镇视频

小镇专题

东方网
eastday.com

中国戏服名城——大集镇

电商兴镇，打造乡村振兴的"大集模式"。

山东菏泽曹县大集镇党委书记 苏永忠

全国七成演出服装
来自这个贫困小镇

东方网·纵相新闻记者
钟书毓　张俊学　汪鹏翀

很多人恐怕都不知道，淘宝平台表演服饰产品 70% 的网络销售额，竟然都来自一个地方。而这个地方，10 年前还是个贫困小镇，在撸起袖子加油干了 10 年后，竟一跃成为能进行"一站式生产"的产业小镇。

这就是山东省菏泽市曹县大集镇。通往镇上的路边，各种服装厂、面料辅料商店让人目不暇接，刷在外墙上的"淘宝致富"标语比比皆是。它 10 年成长的奥秘，得从一个村庄说起。

影楼服饰走出农村

在变成一个大街小巷都生产演出服饰的小镇之前，以农业为主的大集镇，在菏泽市属于比较落后的地区。

"原本我们是个很贫穷、很落后的村庄，年轻人都外出打工。"大集镇丁楼村党支部书记任庆生回忆道，在踏入淘宝之前，他是丁楼村的电工，一个月百八十元钱撑起了整个家。

2009 年对任庆生而言不一般。这一年，他的妻子下岗后，在村里生产影楼服装的小作坊做缝纫工。当她听说在淘宝网上可以销售产品后，便动了"把影楼服饰放网上卖卖看"的心思。

尽管任庆生当时有点抵触，但他知道妻子是个"认定的事就一定要办成"的人，思想比较开放、独立，所以他硬着头皮向亲戚借钱，凑够了

大集镇丁楼村党支部书记任庆生（汪鹏翀　摄）

1400 元，从曹县县城小店里买回一台组装电脑。

在朋友指导下，他们成功上传了第一件商品，但夫妻两人当时只是把内容信息上传，完全没有运营的概念，所以造成之后的 5 个月内，没有一单生意。

首单生意在 2010 年 3 月自己找上门。当他们看到买家留言时，感到有点"头大"，当时的任庆生还不会打字，网上沟通是零基础。虽然过程有些紧张，但最后还是顺利卖出了第一件货品。新的尝试、新的渠道，给任庆生带来了发家致富的希望。

2009 年是任庆生创业之路的起点，也是丁楼村的服装销售元年。看到任庆生开了网店，村民们纷纷效仿。丁楼村妇女们制作的影楼服装，就此走出农村。

2010 年春节，任庆生用身份证申请了第二家淘宝网店。这一年，两家网店让他赚了 7000 多元，而村里开网店的人家也有了几十户。

演出服装带来商机

做演出服装也是机缘巧合，在福建一家幼儿园向他们定做 30 件幼儿表演服装后，任庆生意识到这个市场将带来很大商机。幼儿表演方面的需求可比影楼单一有限的服装多得多。

他转变思路，在网上搜集图片后，号召村民一起参与生产。不出所料，

丁楼村妇女正在进行缝纫（张俊学　摄）

丁楼村妇女正在对布料进行熨烫，使其平整易裁（张俊学　摄）

丰厚的回报立马就来，任庆生带头扩大生产、搭建厂房。

"网上市场太大了，大家生活水平越来越好，文娱活动越来越多，演出服市场也越来越大，别说我们村，就整个镇来做也满足不了。"

但光靠"抄袭"网上的图做衣服，是无法可持续发展的。没有原创品牌，易被投诉，想扩张是不可能的。2011 年之后，丁楼村乃至整个大集镇上的商家们，都开始转变经营思路。先从自己设计、打板开始，一步步摸索产业发展之路。

自 2013 年以来，专业打板、设计、美工、模特，在大集镇慢慢形成了一条完整的产业链。也就是说，只要有人出了一个服饰想法，就能有一个专业团队帮他实现。

基于每年固定几个演出季，大集镇在元旦、春季以及学生毕业季，总是最为忙碌。在国家"全民健身"的号召下，广场舞、秧歌服，这些不分季节的服饰销量也极其可观。

大集镇内一家厂商仓库内的演出服装样衣（张俊学　摄）

演出服装这块"大蛋糕"，让整个大集镇的村民们都尝到了甜头。丁楼村的脱贫致富之路也走在了全镇前列。

电商销售促进发展

农村电子商务经济的发展，让大集镇实现了"淘宝全覆盖"，孕育出全国最大的儿童表演服装产业集群。

在政府部门兴修道路、引进物流、开展开办电商培训、组织经验交流、请相关专家来指导等一系列政策的辅助下，村民们也在发展中逐渐探索出门道，生意也越来越专业。

"过去几年我们村的变化是翻天覆地的。"在政府政策的扶持下，整个大集镇的电子商务呈现爆发式增长。2013 年，任庆生自家的公司网上销售额已经达到 400 多万元；2014 年，销售突破 700 万元，利润率基本维持在 20%。

汉服热潮悄然而至

2020 年无疑又是一道坎。广场舞、大型演出等人员聚集的活动都因疫情防控要求纷纷取消。这对演出服装行业而言，势必造成冲击。

任庆生对东方网·纵相新闻记者表示，2020 年受疫情影响，演出服装不像之前那样畅销。尽管个别如汉服、民族服饰等产品依旧保持坚挺，但总的数据确实大不如前，"不少衣服都堆在仓库里。"

当地厂商库房内的汉服样衣（汪鹏翀 摄）

不过，由于已积累了足够的网上销售经验，任庆生表示，不少村民也开始经营一些农副产品，凭着多年积累下来的信誉先"过渡"一下，维持生计。

对此，曹县电子商务服务中心主任兰涛也表示，为了当地产业以及电商户的发展，曹县政府也做了深度调研。在演出服装产业处于停滞期时，鼓励电商户们发展其他类别的服装，比如基础汉服与工装等。

而近几年，在汉服市场大热后，有良好服饰产业基础的大集镇也开始试水汉服，用任庆生的话来说，就是"蹭热度"。

同演出服装相似，当地所生产的汉服，多数走大众路线。曹县电子商务服务中心表示，当地经电商渠道卖出的汉服产品已经占据全国汉服线上销售额的三分之一。

溢出效应也悄然而至。2020 年夏天，一部与汉服相关的网剧在曹县开机拍摄。该剧出品人表示，曹县这个地方汉服产业链齐全、规模较大，若在汉服产业源头入手，还可以在网络剧中展现最新的汉服潮流，同时节省大量物力，自己的短视频带货营销模式还可与曹县众多汉服企业强强联合。正可谓一举多得。

电商 3.0 马不停蹄

曹县大集镇，正是中国首批"淘宝镇"，该镇所有的行政村全部被评为"淘宝村"，也是山东省唯一一个"淘宝村"全覆盖的乡镇。

兰涛对东方网·纵相新闻记者表示，阿里巴巴 2017 年就将曹县定为中国最大的演出服产业集群。

而基于大集镇这一以演出服饰为特色产业的"淘宝镇"，带起整个曹县

曹县电子商务服务中心主任兰涛（汪鹏翀　摄）

经历了电商发展的三个阶段：最基础的 1.0 模式就是当地村民使用自家庭院或建筑生产加工，再利用电商平台进行销售，自产自销成为一个"电商户"的单元，由此发展到整个村、镇，家家户户都成为"电商户"。

而在镇政府的支持与推动下，村民的单一经营模式在经过整合包括场地在内的各方面资源后，升级成为 2.0 模式。兰涛表示，在这一阶段，当地建设了首个集群产业园——大集镇电子商务产业园。

在这一占地 120 亩的一期项目上，采用了"前店后厂"的模式，24 家加工企业，58 家分销实体店，以及 20 家快递物流公司在此集聚。布匹批发、设计研发、电脑制版、刺绣印花、服装加工、网络销售、物流快递等各个环节，均可在产业园内一站式完成。

而电商发展的 3.0 模式"e 裳小镇"正在马不停蹄地进行中，届时镇政府希望将大集镇打造成一个"宜餐、宜演、宜居、宜游"的地方。

"产业的发展增加了农户收入，电商带动了整村脱贫，这种效益非常大。"兰涛表示，在当地发展服装产业带动经济效益的同时，社会效应也很好。"在外打工的人很多也回来创业，农户家庭和睦；在社会治理方面也有了成效，违法犯罪行为也明显减少了。"

（原文刊登于东方网 2020 年 10 月 17 日）

汉服三分天下背后的汗……

东方网·纵相新闻记者
钟书毓　张俊学　汪鹏翀

回乡创业的汉服淘宝店店主　**尹啟行**
（汪鹏翀　摄）

　　忽如一夜春风来。当国人的文化自信开始有了表达欲望，汉服便以迅猛的速度"破圈"，曾经小众甚至被视为"异类"的服饰，现在不仅登上了时装周还拥有自己的专场。越来越多的年轻人身着汉服，衣袂翩翩、自信满满地在各种场合亮相。

　　汉服之美，体现在面料、印花、设计上，不同工艺的汉服价格跨度很大。而对于初入圈子的"萌新"而言，平价汉服更加适合入手，因此那些平价汉服在各大平台都有不俗的销量。

　　位于山东省菏泽市的曹县，就是一个"三分天下汉服"的服装制造基地，这里卖出的汉服产品已占据全国汉服线上销售额的三分之一，还打造出多个经营着千百万生意的汉服商人。

汉服"小白"决定回乡创业

曹县服装产业是从演出服装起家的。在这里，一件服装的生产出货可以"一条龙"完成，从布料选材到设计打板，再到剪裁缝纫，每一个工种都有十分成熟、专业的人才。

因此，在汉服的风口打开后，有着服装制作基础的曹县试水汉服，没多久便打开了市场。

原先在外从事演出服装行业的尹啟行，就是受到了家乡的"召唤"。看着家乡汉服产业有很大发展空间，他决定回乡二次创业。

刚接触汉服时，尹啟行先从绣花干起，帮别人代加工。通过自己摸索学习尽快掌握制作汉服的技巧，等待时机成熟后再打造自己的品牌。

"最开始什么都不懂。"尹啟行向东方网·纵相新闻记者坦言，看着大家都在做，自己只会"跟风"，不管什么款式、版权问题。到慢慢自己摸清门路后，要求便越来越多，逐渐有了品牌概念。

尹啟行工厂内成排的缝纫机（张俊学　摄）

相较于演出服装的制作流程，尹啟行深刻体会到了汉服制作的复杂。简单款的汉服适合初入圈的"萌新"，或是一些学生党，但随着汉服市场逐渐成形，顾客的需求也逐渐个性。

没经验、没思路，尹啟行就去学习。他去成都、广州等城市参加线下汉服展会，实地看别人的设计和版型。在汉服这一小众的圈子里，粉丝意见也十分重要。在准备上新一款汉服前，尹啟行会选择在社交平台推广一下，征求粉丝意见，再进行预售、制作。

"汉服和别的衣服不一样，每一件都有它的名字，都包含着一个故事。"在自家店里上架的几款衣服里，有不少衣服在制作过程中给了尹啟行很大考验。撇开图案设计的灵感来源不讲，光绣花工艺的突破就让他蜕了三层皮。

一款名为"银杏"的汉服，在袖口有许多银杏绣花装饰。设计、打板，一切都很顺利，但在将图案绣到衣服上时，问题来了。

"绣花需要将布料绷紧，但有些面料自带弹性，绣完后整件衣服都会皱起来。"当时这款汉服在店里预售时销量特别好，尹啟行十分着急，可越急，越做不出货。

做坏一批衣服后，尹啟行不得不自我反思，周围也没人能提供帮助。只有自己不断纠错，才能最后突破。"所有人都是这么过来的。"

爆款或是"机缘巧合"

在曹县，大多数的汉服厂家与演出服装厂家类似，走的是平价、中低端路线。亲民的价格，让这些汉服成为了曹县汉服市场的主打产品。

尹啟行看到，许多非定制汉服的销量，都是由学生、初入圈的人带起的，100 元左右的一件衣服，对他们而言，负担不大但又能穿出让人眼前一亮的效果。

"汉服和其他服饰不同，最初它没有一个完整的体系。"但汉服讲究规制、审美及设计，与演出服装的受众不同，汉服的消费群体集中在年轻人，这部分消费者也更为挑剔。

尹啟行店内汉服样衣上精致的绣花（张俊学　摄）

　　"我经历了从'一款卖 3 年'到'一款卖 3 个月'的转变。"尹啟行觉得，现在他制作的汉服，款式基本都跟着形势走。2020 年，随着历史古装剧《清平乐》的走红，汉服市场又迎来了一轮热潮，大多数人都被"种草"了这种含蓄、优雅的宋制汉服。

　　许多观众评价这部剧是"大型种草现场"，尹啟行也深有体会。"几款宋制汉服卖得都特别好。"相较于其他形制汉服的华丽繁复，宋制汉服更为儒雅简约，穿着体验上并不复杂，所以许多新入汉服坑的"萌新"也能轻松驾驭。

　　不过，并不是每一件汉服都能成功复制爆款模式，经营方式与推广方法让尹啟行吃了点"苦头"。他本人拥有多家淘宝店铺，在自己刚推出几件设计款时，并不了解整个圈子的售卖模式，他认为，"既然都是我们自己的原创，那在我们自己店里都能上。"于是，他把手头几家店铺都上新了一遍。

　　结果马上招来"山寨"的骂名。同一件衣服在多个店铺都能买到，买家就会认为你并非"原创"，但并不清楚哪家是山寨、哪家是原创，所以索性全部不买账。

　　爆款？那可能是"机缘巧合"，或许是平台机制的投放，也可能是社会热点的驱使。尹啟行从 2019 年 6 月开始做汉服，10 月他的淘宝店就冲到了行业前 10，光靠"时机"可能并不够，更多是凭借着自己的用心与热忱。

受众扩大促进汉服复兴

汉服的出现更像是一个"复活"的显性文化符号，成为中国传统文化的传播媒介。

这些年来，汉服的受众迅速扩大，连续四年都保持着 70% 以上的高增长，其中超过八成都是 25 岁以下的年轻人。

消费者对汉服的青睐，不仅是因为喜欢，也有部分人被传统文化所吸引，借由汉服感受文化民俗。于是，便催生出了一批"考据党"。在这部分汉服爱好者眼里，汉服形制是否正确是非常重要的一项考察点，若这套衣服"不合形制"，那它就不能称为汉服。

在尹啟行看来，汉服不仅是一件衣服，它还是一种认知与认同传统文化的很好方式。但现代汉服的改良也是极有必要的。"相信经过改良后汉服会发展成常服的形式。"

同时，尹啟行也准备继续做一些复原款汉服，根据一些出土文物，找画手来还原，再通过设计师进行打板、制作。通过当下的"汉服热"，将中国文化融入年轻人的生活之中。

尹啟行经营汉服的思路就是曹县发展汉服走"汉服之路"的一个缩影。他认为，在保留传统汉服服饰的共性基础上，融入部分现代元素，在民间生活场景中赋予新的文化含义，也是将汉服复兴的意义所在。

（原文刊登于东方网 2020 年 10 月 17 日）

走向我们的小康生活

了不起的小镇

全国最大 演出服产业集群

山东省菏泽市大集镇

小镇视频

小镇专题

中国泳装名城——兴城市

从小产品到大产业，由量变到质变，兴城泳装实现了由丑小鸭到白天鹅的蜕变，成了时尚、科技、文化的代名词，也成了兴城走向世界的新名片。

中共兴城市委书记、市人大常委会主任　牛政

这个"泳装名城"可一点不水

东方网·纵相新闻记者
陈晨　汪鹏翀　张俊学

中国是制造业大国，享有"世界工厂"的美誉。许多名不见经传的地方小镇都形成了极具特色的产业集群，"中国泳装名城"葫芦岛兴城市就是个中代表。

兴城市地处辽宁省西南，是我国保存最完整的四座明代古城之一。兴城市最早记载甚至可以追溯到殷商时代。自 20 世纪 80 年代开始，这座历史文化名城开始与"泳装"结缘。

经过几代人的奋斗，兴城已经成为国内知名的泳衣生产基地。据最新统计，兴城泳衣占国内泳衣市场份额 40% 以上，在全球范围内，每四件泳衣中就有一件来自兴城。

从疗养胜地到泳装名城

兴城濒临渤海，最早是一座旅游城市。

天然的地理优势不仅吸引游客前来游玩，许多企业也纷纷来此地设立疗养院。鼎盛时期兴城曾同时拥有五六十家疗养院，被称作"第二个北戴河"。如今走在兴城整洁的街道上，仍能感受到海滨城市独有的治愈气息。

全国各地的人来兴城休养，也给这个地方带来了不同的文化和新鲜事物。据兴城第一代泳衣人、益丰集团董事长刘雪艳介绍，兴城最早的泳衣其实就是从疗养院带来的。

早期的泳衣没有流水线生产，只靠一个人、一双手缝制完成。当地人

泳装从补贴家用零工发展为当地支柱产业（汪鹏翀、张俊学　摄）

看到这是个赚钱补贴家用的机会，于是开始自发生产泳衣。

"一个家庭妇女每天在家里可以做上十几件，一件衣服赚一两元钱，一天能赚十几二十元钱。那个时候一个月工资才40元钱，十几元钱对她们来说非常重要。"刘雪艳介绍说。

20世纪80年代，兴城泳衣还并未形成产业规模，主要由当地妇女在家缝制完成，刘雪艳也是其中之一。妇女们用当时流行的"蜜蜂牌"脚踏缝纫机做出一件件泡泡纱泳衣，完成后再背到北戴河、大连等旅游胜地售卖。做了3个月，刘雪艳赚了1000元。在那个时代这是一笔巨额收入。

在兴城泳衣发展初期，像刘雪艳一样的"家庭式作坊"数不胜数。一个人干好了，再带动身边人。随着需求量增加，有商业头脑的从业者就会把工人组织起来，雇人完成生产量。

但新的问题又出现了：生产量上来后，却面临海边摊贩卖不掉的境况。于是一些小作坊果敢地敲开大型百货商店的门，向商场、门店推销自家泳衣。

随着生产和销售不断互相影响促进，"家庭作坊-海边摊贩"的模式渐渐升级为"工厂-商店"的组合。兴城的泳衣行业规模初现，在市场上，

"泳衣"也逐渐与兴城紧密相连。

从传统零售到新兴电商

20 世纪 90 年代，兴城市大大小小的泳衣工厂大批涌现。一些自主品牌也开始崭露头角。

除了进行自有品牌生产，不少工厂也开始为国外的品牌商店代工。在许多当地人看来，代工经验对兴城泳装的发展有很大帮助。

"兴城的发展应该算是从无到有。原来没有基础，只是凭着人们自发的行为，也没有引进技术和人才。没有什么外来的东西，都是靠自己。"刘雪艳坦言，"外国公司的订单对产品的质量要求、设计理念有更高的要求，这对本地企业的提升很有帮助。"

兴城市人大代表、兴城泳装协会副会长张东元，1996 年大学毕业后，回家乡投身泳衣产业的发展。工厂最初也是给外国品牌代工，但渐渐地，他意识到做代工并不是企业长久发展之计，最终还是需要发展自己的品牌。

在他来看，企业要发展，既要打造民族品牌，也需要通过代理或者特许经营拥有国外的品牌。2009 年，他旗下的斯达威通过海外并购美国 INGEAR 服饰有限公司，获得"花花公子"等著名国际大牌的使用权。

随着电商兴起，兴城泳装开始了第二次腾飞。

兴城市人大代表、兴城泳装协会副会长张东元（汪鹏翀、张俊学　摄）

电商给销售模式带来了革命性的变化，很多线下传统的商业转到线上，同时整个商品的需求量也迅猛增加。

"我们现在基本上也是两条腿走路，线下传统的模式我们没有放弃，包括国外的品牌连锁店也在持续经营。同时国内外的电商也都在开展，线上和线下它是一个非常完美的互补。"张东元表示。

2020年的新冠肺炎疫情给泳装行业带来了沉重的打击，但电商的优势在这时凸显。来自兴城的数据表明，随着疫情好转，国内电商数据已经逐步恢复，还得益于跨境电商亚马逊的平台，3月份以后本地不少公司针对国外的生产也没有停下来。

"电商发展迅猛，全国泳装电商类目里，70%的泳装电商产品来自兴城。我们已经连续3年在天猫的'双11'活动中获得第一名。应该说，电商对于兴城的泳装起到了一个很好的推动作用。"

从家庭作坊到产业集群

如今，兴城已经成为中国泳装三大基地之一。

在张东元来看，兴城泳衣行业发展势头良好主要得益于产业基础好。

"现在，兴城泳装产业链已经非常完善了。从一针一线，到缝纫设备、品牌推广、电商运营，已经形成了一个全产业链闭环的产业大集群。这种专业做泳装的产业集群，我们应该是世界上唯一的一个。"

据统计，2010年以前兴城泳装产业年产值只有50亿元。如今，兴城有泳装生产企业1200余家，泳装面料及辅料生产企业100多家，年产值150亿元人民币，年出口创汇4亿多美元。

兴城靠泳装集散和规模化运作成为中国泳装第一城，还解决了当地人的就业问题。据张东元介绍，泳装产业带动地区就业人数已经超过10万人。

2010年之后，兴城被中国纺织工业联合会命名为"中国泳装名城"，当地两级政府对于泳装行业给予了很大的支持。从2011年开始，"中国国际泳装展"已经连续举办10届。2016年，阿里巴巴在东北三省开设的第一个产业示范园区落户兴城，通过天猫和淘宝，把泳装卖到全球。

如今，兴城已经成为中国泳装三大基地之一（汪鹏翀、张俊学　摄）

为顺应新时代的发展，近年来兴城集中建设泳装产业研发基地、生产基地和运营基地，斯达威泳装超级产业园、比基尼小镇等基地已经陆续建设使用。当地还与北京服装学院开展合作，促进兴城时尚品牌文化塑造和产业转型升级。

"兴城是一个旅游城市，比较适合开展这种轻工服装行业。这些年对整个城市的发展，起到了很大作用。这也是我们泳装人引以自豪的地方。"张东元说道。

从文化古城，疗养胜地，到泳装名城，兴城用 40 年时间打造出属于自己的特色产业集群。

如今，泳装已成为兴城走向全国、走向世界的新名片。

兴城泳装的发展史，是一代代泳衣人谱写的商业神话，更是普通劳动者留下的生活礼赞。兴城未来的新篇章，正在肆意书写。

（原文刊登于东方网 2020 年 10 月 15 日）

停薪留职前，她哭了一晚上

东方网·纵相新闻记者
陈晨 汪鹏翀 张俊学

益丰集团公司董事长 **刘雪艳**

（汪鹏翀 摄）

辽宁省葫芦岛兴城市是国际知名的"泳装名城"。据统计，2019年全球每四件泳衣中，就有一件是兴城制造。

20世纪80年代以来，"泳衣"逐渐成为这座海滨小城的名片，一代代泳衣人也开始在这里缔造传奇故事。

益丰集团公司董事长刘雪艳是兴城第一代泳衣人。40年前，她从一台家用缝纫机开始，发展成为如今占地4万多平方米、年生产能力1000万件的大型集团。

刘雪艳的故事是当代女性企业家的代表，也是兴城千万泳衣人奋斗的缩影。

入行最初只为补贴家用

刘雪艳是"50 后"，1987 年入行时，兴城市的泳衣行业尚不能称之为一个"行业"。那个时候，大家生活普遍比较艰苦，为了补贴家用，很多妇女用家用缝纫机制作流行的泡泡纱泳衣，然后拿到海滩售卖。

尽管彼时刘雪艳是一名公务员，但她人很勤快，也想着在业余时间赚点钱补贴家用。

为什么会选择靠缝制泳衣赚钱？刘雪艳有自己的想法。

"早期的泳衣是可以一个人从头到尾做完的，不需要流水线。一个家庭妇女在家里，一个人一天可以做上十几件，一件衣服赚个一两元钱，一天能赚十几元钱。那时候一个月只有 40 元钱的工资，十几元钱对她们来说非常重要。"

开始家庭作坊的初期，刘雪艳吃了很多苦。她白天在单位工作，晚饭后第一时间坐到缝纫机前，一口气做到凌晨一两点。除了兼顾两边的工作，10 个月大的儿子也需要照顾。那时候刘雪艳每天只睡四五个小时，别人问她什么最幸福，她都回答："睡觉最幸福。"

当时的缝纫机是脚踏式的，踩上小马达机器会自动开始转动。一次，刘雪艳脚踩马达做工，做着做着人却睡着了，突然一阵剧痛把她惊醒。定睛一看，原来手指扎到缝纫机里了。她马上打了一个"倒轮儿"，把手指上的针拔出来，鲜血直流的场面令她记忆犹新。

当时已是深夜，刘雪艳的一声尖叫把母亲给喊醒了。母亲特别心疼，流着泪说她干嘛这么拼命，明明有稳定的工作。

但刘雪艳骨子里是个要强的人："我一直在想，家里有老人又有孩子，我每天多奉献一点，家里人就生活得好一点。我就靠着这个支撑，然后一步一步往前走。"

辞掉"铁饭碗"下海经商

刘雪艳自主缝制的泳衣用料扎实，质量好，总是被抢售一空。

随着需求量增加，泳装也从小摊走向百货商场（张俊学　摄）

随着生意越来越好，刘雪艳意识到靠自己一个人做不过来，就开始雇人帮忙做。最多的时候她有100多个人帮忙。

她每周把活计安排下去，妇女们在各自家里做工，到了周日她挨家挨户把做好的东西收回来，再安排下去新的任务。那时她还没想到开工厂的事，只是觉得需求量变大，得想法子跟上。

泳衣做好后，刘雪艳和朋友们会把货背到北戴河、兴城海滨、大连海滨等游客多的地方，向当地的小摊贩推销，再由他们出售。

但随着生产量变大，小摊贩也变得不足以消化这些产品。于是1989年左右，刘雪艳推销自家泳衣的步伐开始向百货商场迈进。

"我记得第一个商场就是沈阳市的中兴和商业城，当时是比较高端的大百货店了。把这产品送到百货店以后一下子就打开了销路。我们觉得方法挺好，就开始到处开店。"

刘雪艳开店有一个原则：每个城市只开一家，在当地最高端的百货店里。短时间内就在全国开设了200余家店铺。

商场里销售量变大，就需要回头发展工人数量。1990年，刘雪艳和两个姐姐一起开办了兴城第一家泳装厂——远航泳衣厂，也第一次有了自己的品牌——金帆。

原本用来补贴家用的副业规模渐渐庞大起来，刘雪艳的生活也发生了变化。

1992 年，适逢国家鼓励机关干部下海经商。刘雪艳经历了很长时间的心理斗争，最后决定停薪留职，下海经商。

"我是恢复高考第二年考的大学，然后回来分配工作。那个时候人们对学历看得很重，对于'铁饭碗'看得很重，把'铁饭碗'放下的时候，心里肯定是很难受的。"回忆当年，刘雪艳仍是感慨万千。

"签停薪留职合同前，我哭了一个晚上，签的那天我记得很清楚，是 1993 年 2 月 25 日。第二天我就去广州采购面料去了。兴城的第一捆高弹布是我从广东运到家的，当中用了 15 天。3 月 20 日，兴城的第一件高弹游泳衣，真正地摆到了沈阳中兴的柜台上。"

把泳衣卖到世界各地

从一位手艺人，变成工厂管理者、品牌负责人，一路上刘雪艳自己也在不断学习，不断转型。

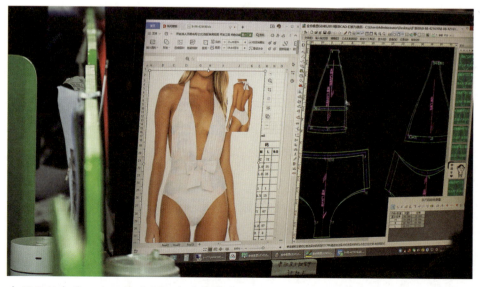

在刘雪艳来看，代工经验给兴城泳装带来了全方位的提升（汪鹏翀　摄）

　　跟以前一个人在家里踩缝纫机不同，工厂需要流水线作业，这对她来说是全新的东西。因为发展较快，也并没有前人的经验可以参考学习，只能靠自己摸索。

　　2000年之后，刘雪艳的工厂开始为国外品牌代工。在她来看，代工经验给兴城泳装的质量、设计理念、营销方式带来了全方位的提升。

　　为了促进产业发展，兴城泳衣人逐渐意识到，必须从分散经营向产业集群转型，还要建立自己的仓储物流中心。从葫芦岛、兴城，到德国法兰克福、意大利罗马，兴城人建立的海外仓储，使兴城泳装能够更快地达到世界各地的客户手中。

　　物流的发展是基础，电商的兴起则进一步促进泳衣行业的发展。

　　2005年，兴城第一件电商产品在淘宝平台上进行销售。刘雪艳对此记忆犹新，因为产品正是来自她的工厂。

　　最初接触电商时，刘雪艳还有些抵制："在商场里可以卖到300多元的衣服，在电商平台可能是100多元。"经过一段时间的学习，她看到了电商即将给传统工厂带来的冲击，决心着手转型，加大对电子平台的重视。

　　现在，电商已经成为包括刘雪艳在内的泳衣人的主要销售渠道，占到

跨境电商兴起后，刘雪艳的泳装卖往世界各地（张俊学　摄）

总销售量的 70%。据刘雪艳介绍，兴城的范德安品牌连续 3 年在天猫"双11"活动中位居同类产品第一。

不仅在国内的天猫，刘雪艳的品牌在亚马逊等跨境电商平台上也做出了非常好的成绩。

"近两年跨境电商逐渐兴起。2020 年疫情期间，跨境电商有了不俗的表现。下一步我们兴城把跨境电商作为一个重点主攻方向。"

事业上获得成功后，刘雪艳不忘乡亲父老。益丰集团在周边落后地区开设多家工厂，加上泳衣网店、电子商务相关从业人员，大大缓解了当地就业难的问题。据统计，兴城整个泳衣行业的从业人员超过 10 万人。

作为兴城泳衣发展的领军人物，刘雪艳的奋斗故事，是兴城一代企业家创业历史的缩影。

他们用坚韧的品格，敢为人先的勇气，和超越时代的睿智，携手把兴城这座海滨小城打造成"中国泳装名城"，在世界上绽放光彩。

（原文刊登于东方网 2020 年 10 月 15 日）

走向我们的小康生活

了不起的小镇

有一件出自这里
全世界每四件泳衣

辽宁省葫芦岛兴城

小镇视频

小镇专题

打火机之乡——邵东市

湘中小城 20 年"火"遍全球

东方网·纵相新闻记者

钟书毓　马旭　丁一涵　蔡黄浩

打火机虽小，但它却帮助湖南省邵东县"火"遍全球。

这座深处湘中腹地的小城，包办了全世界 70% 以上的打火机，每年产量超过百亿，在世界范围内掀起了打火机浪潮。

商机出现，掀起"火势"

邵东县原本并不是"打火机之乡"。在改革开放初期，打火机是广东、浙江等沿海地区的优势行业。但邵东县"后来居上"，仅用了 10 年时间，就成为中国出口打火机数量最多的地区。

早在 21 世纪初，邵东人捕捉到了打火机行业的商机，因此，在当地就

邵东当地打火机厂的工人正在进行零件组装（蔡黄浩　摄）

邵东打火机协会会长吕省华（蔡黄浩　摄）

掀起了一阵"火"：家庭小作坊遍地开花。

但一个产业刚开始发展，当地还没有建立合理的监管体系，邵东打火机最初的发展之路有点艰难：小作坊制作的打火机，有时里面甚至会夹杂一些米粒、泥巴。规模小、管理乱导致"邵东制造"没有什么优势，行业发展也受到阻碍。

为了将产业做大做强，2007 年，在湖南检验检疫部门的推动下，邵东县 13 家有资质的打火机出口企业决定联合成立邵东打火机出口监管委员会，加强行业内部监管自律。

"以前不少出口企业对有关法律法规和国外标准根本没有概念。"邵东打火机协会会长吕省华向东方网·纵相新闻记者介绍，监管会促使邵东打火机出口实行统一定价、统一配额、统一运输、统一保险、统一争取政策扶持，从而彻底改变了行业无序竞争，使产品竞争力和行业利润显著提升，保证了出口产业的健康有序发展。

在监管会的帮助下，邵东也开始慢慢发挥出其产业集群的优势。之前在沿海地区一些生产打火机的地方，多数工艺技术比较分散，有的专门做加工，有的则是单独做零配件。而在邵东，相关的物料产业更为成熟，能将打火机的生产流程"一体化"，发挥产业优势。

目前，邵东县的打火机行业已然成了当地一张响亮的名片，不仅带动了当地的经济发展，也拉动了邵东县各个乡镇的就业。

当地周官桥乡的乡长刘伟告诉东方网·纵相新闻记者，因为打火机行业的崛起，周边六七个村的村民，只要是家里有劳动力，都会首选去打火机工厂工作。在工作之余，既能照顾家里，又能兼顾农耕。

海外扩张，发动"攻势"

邵东打火机用 10 年时间在行业内站稳脚跟后，又在下一个 10 年时间里，加速向海外市场扩张，大力发展国际贸易。

成立于 2009 年的东亿电气是当地最大的打火机生产公司，与当地众多企业一样，东亿电气曾以国内市场为主。直到 2015 年，东亿电气开始进军海外市场。

现在，东亿电气远销海外的打火机根据不同地区和国家，还有不同的品类和特征。据东亿电气股份有限公司副总经理白家宝介绍，一些最基础的打火机在东南亚以及非洲卖得十分火爆，这些产品主要特点是便宜、方便。而像欧美地区就比较注重品质与功用，长头的打火器在当地销量不错。

在企业瞄向海外市场前，邵东已然开始为"国际化"铺路。

吕省华回忆起当年邵东县一些企业去国外参展的经历，最初当地政府没有做海外商检的平台，因此想要走出国门，必须要通过天津等地的海关做测试、办手续。

打火机出厂前由工人进行火焰高度测量（丁一涵 摄）

　　但这样的模式比较麻烦，手续层层叠加使得过程比较繁琐不利于出口。因此，邵东县政府开始琢磨建立自己的平台。

　　建好平台后，邵东县政府鼓励企业参加一些在国外举办的博览会，为这些企业走出去创造条件。"当年能有这样的开拓思想确实不容易。"吕省华认为，当年邵东县政府的决策与思路是果断并明智的，以此造就了当地打火机走向国际的势头。

智能智造，依托"扶持"

　　据东亿电气股份有限公司副总经理白家宝介绍，在打火机行业初期，为了促进更好发展，一些"领头羊"公司曾凑在一起"头脑风暴"，共同研发自动化生产的机器。

　　面对市场扩张带来的一系列用工、品质等问题，2016 年，东亿电气公司决定对所有生产环节进行自动化改造。在这 4 年时间里，经过自动化生产改造的东亿电气，产能增长近 4 倍，市场扩张到全球，成为全球最大打火机生产企业。

　　白家宝表示，打火机是一个门槛比较低的行业，如果他们当初没有进行自动化生产的投入，那么打火机的生产最终可能会转移到越南、印度、柬埔寨这些用工成本低廉的国家。

　　据了解，目前邵东县出口的打火机共有 300 多款类型，灯机、电子机、

周官桥乡乡长刘伟（丁一涵　摄）

防风机等新型产品所占货值比重近 60%，出口欧盟等高端市场的打火机产品均拥有完全自主知识产权，低质低价产品已基本淘汰。

邵东打火机行业的飞速发展，也离不开当地政府阶段性的政策支持。邵东县政府曾于 2017 年投入运营了邵东智能制造技术研究院这一公共服务平台和新型研发机构。据了解，该研究院已成功引进和孵化的企业超过 40 家，服务企业超过 200 家，为邵东实体经济高质量发展作出了突出贡献。

"只要企业有困难，我们党委政府都会第一时间介入，帮他们去解决相应的一些问题与矛盾。让他们有更有多精力去搞研发和生产。"周官桥乡的乡长刘伟对记者说。

刘伟表示，2020 年因为疫情原因，当地东亿电气的仓库受限严重，因此在统筹仓库用地、扩大生产一块，县政府也成立了专门的工作组进行跟踪，解决相关矛盾的同时也给予一些优惠政策，包括道路的疏通、园区建设，以及疫情期间复工复产的物料和医疗保障等，帮助企业渡过难关。

邵东县的打火机已在世界范围内走出了一条康庄大道，未来在技术革新方面也将扩大覆盖面，全面提升发展动能。

邵东打火机协会会长吕省华说，近几年，邵东打火机在自动化改造方面比较成功。随着产业升级、规模扩大，现在全世界的打火机对邵东都会产生"依赖性"——要是邵东不卖打火机了，对全球都有极大的影响。

（原文刊登于东方网 2020 年 12 月 14 日）

东亿电气：出生　出头　出海

东方网·纵相新闻记者

钟书毓　马旭　丁一涵　蔡黄浩

东亿电气股份有限公司副总经理　**白家宝**

（蔡黄浩　摄）

　　随着湖南邵东县的打火机产量剧增，打火机产业已成为了当地经济发展的支柱产业，并成为一大特色产业集群。

　　而在邵东打火机企业发展的道路上，怎样摆脱"大而不强、多而不精"的局面成为了企业在市场竞争中面临的新课题。

　　在这个问题上，湖南东亿电气股份有限公司交出了一份满意的答卷。从创办到名扬四海，它花了10年时间。

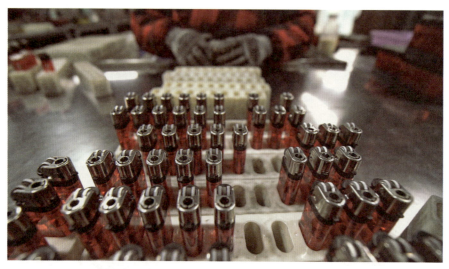

东亿电气厂区中生产的打火机（丁一涵　摄）

"抱团取暖"式生产，产业走上正轨

刚发展打火机产业时，邵东县多是家庭作坊，但这样分散且没有固定标准的模式给邵东的打火机发展带来了很多阻碍。

大而不强、多而不精，成为了邵东打火机产业发展初期的问题，这也导致当地企业在面对行业发展、贸易规模扩张的情形下始终无法完成从量变到质变的关键一步。面对市场需求以及经济全球化发展，为了突破困境，邵东企业决定"抱团取暖"。

东亿电气股份有限公司的副总经理白家宝说，当时东亿电气的董事长想把邵东打火机这一优势产业做大做强，因此要改变分散的小作坊模式，进行标准化厂房"抱团取暖"式的规范生产。

2010 年，东亿公司投资 1.9 亿元，征地 208 亩，建成新的现代化厂区，集聚生产、研发、装配、仓管于一体。在东亿公司的带动下，大约 15 家打火机企业开始兴建厂房、进入集中型的现代工业园，逐渐形成集生产、经营、研发、物流于一体的产业集群。由此，东亿电气公司领导下的邵东打火机产业开始走上正轨。

带领着打火机行业做大容易，但更重要的是提升产业竞争力。白家宝

东亿电气厂区内的自动化打火机生产线（丁一涵　摄）

说，东亿电气早期的打火机制作，也是工人手上一把钳子、一把镊子手工装配起来的。除了费时费力之外，打火机质量也会参差不齐。

同时，不断上升的用工成本也促使着东亿做出改变。因此，东亿电气的研发团队就开始在自动化生产上下功夫。"你不要看一个小小的打火机，它也是有 12 道工序、30 多个零配件、16 项测试标准才能完成的。"白家宝表示，一个小打火机想要实现自动化生产，面临的挑战还真不少。

而且，并不是所有打火机都是一个模样，奇形怪状、不同品类的打火机让自动化的开发难上加难。但东亿电气经过不懈努力，投入 3000 多万元之后，将充气、试火、质检、贴纸等工序全部实现了自动化，人工减少80%，产值却增加了 40%。东亿电气打火机的中高端发展之路初具规模。

据悉，东亿电气邵东工厂在智能化改造前，工人数量约 1.4 万人，日产打火机 100 万只；智能化改造后，工人降到 1400 人，日产打火机 400万只。在东亿电气的生产车间里，能看到流水线上的工人们有条不紊地操作机器。

据悉，公司还拥有 20 多个打火机外观专利，10 个设计发明专利。东亿电气的打火机，已具备各种款式、多种功能，是名副其实的高端产品。

随着自动化生产的推进，东亿电气加大科技投入，引领打火机生产由中低端向中高端发展，引进了组装、翻版、包装等系列自动化生产线，不但降低了劳动强度，而且提高了产品质量，极大提升了市场竞争力。

中高端市场扩大，产品强势出海

据了解，目前，每天有 8 个货柜从东亿电气的厂区运出，运输到全球市场。

现在的东亿电气，可年产高、中档塑料打火机、点烟器 30 亿支，年产值 30 亿元，已成为我国打火机主要出口基地，2019 年用户遍布全球 80 多个国家和地区。

白家宝告诉东方网·纵相新闻记者，最初发展海外市场的时候，主要瞄准东南亚、非洲等地区，出口的产品也是以薄利低端的一次性打火机为主。而随着产业升级、自动化程度变高后，2016 年起，东亿电气慢慢地将精力放到中高端产品，昂首进军欧美市场。

现在东亿电气每年都会投入巨大的研发费用在开发新型、高质量的打火机上，比较注重品质与功用的高端雪茄点烟器、煤气灶点火专用打火机等，在欧美市场大受欢迎。

能在欧美市场做好做强，相比原先低端产品的输出，生产过程要更仔细、标准，16 项测试标准必须全部通过，少一项就是不合格。

2020 年新冠肺炎疫情对东亿电气而言，可能给了新的机会。在国外疫情严重、无法复工复产时，许多国家打火机厂商都找到了中国市场。"原先是 80 多个国家地区，2020 年增加到了 100 多个。"

"我们下一步的规划就是要把中高端产品扩大到总生产量的 50%。"白家宝充满自信地说。

2020 年，东亿电气也成为了邵东第一家国家级专精特新"小巨人"企业。对于未来的构想，东亿电气依旧信心十足。

（原文刊登于东方网 2020 年 12 月 14 日）

走向我们的小康生活

了不起的小镇

全球七成的打火机 都产自这里

湖南省邵东市邵东县

小镇视频

小镇专题

东方网
eastday.com

中国刀剪之都——阳江市

以创新为驱动力，做强做优五金刀剪产业，力创世界品牌，干出东城五金刀剪特色小镇新风采。

阳江市东成镇镇委书记

这里，向世界展示
"中国刀"的魅力与智慧

东方网·纵相新闻记者

卞英豪　贾天荣　汪鹏翀　蔡黄浩

"世界刀剪看中国，中国刀剪看阳江。"

庖丁解牛用的厨刀、精细到微米的微创手术刀、锋利轻便的贴身军刀……你可曾知道，这些已是稀松平常的刀具，背后蕴含的或许是历经千年铸就的传统工艺。当 5G、人工智能等新技术普及，一把把看似平平无奇的刀，又在人类智慧的火花中再度得到锤炼。

生活中，这些风格迥异、功能多样的五金刀剪，常常有一个共同的出产地——广东阳江。

阳江，这个以美味海鲜闻名的沿海城市，依靠一代又一代人的艰苦奋斗、推陈出新，赢得了全国乃至全球的关注。

这里出产的五金刀剪不仅占据了全国 70% 的份额，更是"劈开了"全球广阔的市场。如今，"中国刀剪之都"正在向世界展示着"中国刀"的魅力与智慧。

"阳江人专注做好刀的传统，千年未变"

阳江与刀剪结缘，可以追溯到 1400 多年前。

公元 557 年，南北朝时期著名的巾帼英雄"谯国夫人"冼夫人屯兵两阳，古时的两阳地区就包括了现在的阳江。那时，冼夫人在这里率领部下亲自打造兵器御敌。至此，阳江地区开启了长达千年的自制刀具的历史。

工人正在铸钢（受访者 提供）

据史书记载："冯大将军生平所用八十二斤峨眉宣锦大刀纳于家中。"而这位"冯大将军"正是冼夫人的孙子冯盎。其使用的"峨眉宣锦大刀"，在当代阳江有一个更为通俗的名字"大杀刀"——这把"削铁如泥"的杀器，正是一把融合了千年中华传统制作工艺的刀具。

不仅是恢宏的大刀，精细的小刀同样是阳江人的"绝活"。20世纪40年代，阳江铁匠梁季芺制作的"季芺小刀"一度名扬海外。其锋利、耐用、美观不仅在全国评选中获奖，还曾在当时的世界博览会上展出。"阳江刀"也成为了第一批走向全球舞台的中国制造。

制范、调剂、熔炼、浇铸、淬火、捶打……千年之后，在阳江十八子集团，依旧保留着这种传统的制作工艺。而在距离十八子集团不远处的金辉刀剪集团，其拥有的中华老字号品牌"王麻子"，同样传承着国家级的"非遗"手艺。

而且这样手艺已不止是运用于传统的菜刀、剪刀，精细要求更高的美容刀、美观度要求更高的小刀，甚至是类似工艺的打火石、脚手架等，都已是阳江人当仁不让的"硬核"产品。

"做刀的人在变，刀剪的工艺在变，但阳江人专注做好刀的传统，千年

阳江五金刀剪协会会长、金辉刀剪总经理钟敏（汪鹏翀　摄）

未变。"阳江五金刀剪协会会长、金辉刀剪总经理钟敏告诉东方网·纵相新闻记者，"做好一把刀或许并非难事，但坚持做好一把刀，并把那份钢铁的精神传承给一代又一代，这才是阳江做好刀的秘诀。"

"不创新就会死"

"在一些传统行业，创新是催化剂，能助力企业发展；但在阳江的刀剪行业，创新是一剂救命药，因为不创新就会死。"

在广东盛达工业集团，年过半百的许开盛依旧在整洁而又喧闹的厂房里不停地踱步。他的身后一台台全自动的机器人手臂正开足马力工作着。

坐拥全球 70% 的打火石产量、多项国家认可的知识产权专利……不久前，中国工程院原副院长、院士干勇还为盛达颁发了"中国厨师专业刀中心"的荣誉。但即便如此，许开盛依旧很焦虑。他所思考的并非是产能、销量、供应链等常规问题，而是一个在他看来关乎企业存亡的核心命题——创新。

一把普普通通的刀能有怎样的创新？许开盛说，他 37 年的刀剪生涯一直想要试图回答这个问题。对于阳江刀而言，开放的市场意味着激烈的竞

制刀工人正在工作（汪鹏翀　摄）

车间工人正在磨刀（蔡黄浩　摄）

争，而创新则是许开盛这样的企业经营者在竞争中生存的必由之路。

"一把好刀最重要的是材料，而刀的材料就是首当其冲的攻关难点。"或许你对刀具的印象还停留在钢铁时代。而在阳江，材料科学已然是当地的"基础学科"。随着多位院士级的材料学专家鼎力相助，新材料如今已广泛运用于阳江的刀剪行业。

视创新如命的许开盛自然也不会例外。

对标欧洲标准，许开盛也用上了新材料。许开盛告诉东方网·纵相新闻记者，使用欧标新材料研制出的刀，硬度高、韧性好。"砍铁丝可以做到不崩口，甚至还可以继续切削。而新材料的使用寿命是传统钼钒钢的 2 倍，其复磨明显超过同类不锈钢产品。"

新冠肺炎疫情期间，结合用户的需求，许开盛研究并开发出了一款"抗菌刀"，其材料同样结合了全新的技术，让频繁接触细菌的厨刀能大幅降低细菌含量。同时，刀的硬度、韧度等不降反增。

许开盛的创新点子几乎是方方面面的。在生产方向，许开盛管理的盛达刀具，是阳江第一家综合运用了全自动机器人生产的，在许开盛的打火石生产线上，还运用了人工智能等技术对打火石进行筛选和修整。"一个传统需要 50 人的生产车间，如今只需 2 个人加上若干设备就可以完成。"

中国有句俗话："杀鸡焉用牛刀"，而在许开盛的创新理念下，杀鸡同样可以用"牛刀"。此前，许开盛开发的多功能厨刀已然热销线上线下。

而许开盛只是阳江刀剪从业者追求创新的一个缩影。在阳江，创新的理念深入了每一个刀剪制造者的血液中。"传统的手艺不能丢，但创新的步伐更不能落下！"许开盛说，如果把刀看作一棵树，那么传统的手艺是树的根，它将决定企业的深度，而创新则是树冠，它最终决定刀剪企业的高度。

值得欣慰的是，阳江刀剪，这棵根基底蕴深厚的古树，如今正在创新的驱动下枝繁叶茂，逐渐成长为一棵举世瞩目的参天大树。

"世界刀剪看中国，中国刀剪看阳江"

当千年历史的传统工艺和尖端的科技创新生产能力"融于一刀"，"宝刀未老"的阳江已然"磨刀霍霍"。

不仅仅是刀剪制作，经过多年的转型升级，阳江市的五金刀剪产业逐步形成了完整的产业链。从不锈钢带钢冶炼、刀剪机械制造、模具制造、配件铸造、热处理、包装到电子商务、物流配送等，你能想到的五金刀剪的生产要素，均能在阳江找到最合适的厂商。

更为重要的是，完整而完善的产业链已形成了强大的吸附效应。"南有张小泉，北有王麻子"，曾经的中华老字号，如今也加入到了阳江的产业集群中。如今，国内五金刀剪行业三大著名品牌张小泉、王麻子、十八子已齐聚阳江。阳江也当之无愧地成为了中国刀剪品牌的汇聚中心。

据钟敏介绍，截至目前，阳江刀剪企业产品种类达 3600 多种，相关的生产、商贸、工贸一体市场主体 7200 多家，年产值超 550 亿元，年产值、出口额分别占全国同行业的 70% 和 85%，产品远销北美、欧洲、东南亚130 多个国家和地区。

摆放成品刀具的车间（蔡黄浩　摄）

在阳江当地政府政策的引导下，阳江刀剪正在打造专业化分工、社会化协作、共荣发展的产业集聚新格局，一个千亿元级的五金刀剪产业集群即将在阳江崛起。

近几年来，阳江先后获得"中国刀剪之都""中国菜刀中心""中国剪刀中心""中国小刀中心""中国厨刀中心"等国家级荣誉称号。而这远远不是阳江刀剪从业者们努力的终点。全球市场始终是阳江人奋斗的重要目标。

在阳江，当地不少企业也在为诸如"双立人"等著名刀具品牌进行加工生产。但对标刀剪强国德国、瑞士，"中国刀"在技术、创新、品牌等方向上仍有一定的发展空间。

2002 年，阳江首次举办了中国（阳江）国际五金刀剪博览会，至今已连续举办 18 届，这是全国乃至全球五金刀剪行业规模最大、影响最广的专业展会。展会上，阳江人不仅看到了自己在不断进步，也真切地感受到了差距的存在。

不过，我们愿意相信，智慧果敢、勤劳刻苦的阳江人民，在坚持融合传统工艺与自主创新的正道上，能够继续锻造并锤炼出一把又一把品质与底蕴兼备的"中国刀"，在整个产业的参与者与机构管理者的共同努力下，带领"中国刀"走向世界。届时，"世界刀剪看中国，中国刀剪看阳江"或许不会仅仅只是一个梦想。

（原文刊登于东方网 2020 年 12 月 9 日）

他用 30 年做出了"中国第一刀"

东方网·纵相新闻记者

卞英豪　贾天荣　汪鹏翀　蔡黄浩

阳江十八子集团有限公司总经理　**李积回**

（汪鹏翀　摄）

"要做好刀，先做好人。"

在李积回的办公室里，父亲的教诲被他刻成了标语挂在了墙头。办公室外，他所管理的十八子集团的车间正"热火朝天"，轰鸣的机械声伴随着钢铁锤打的碰撞声，一把把坚韧与坚硬兼备的好刀从这里走出国门，迈向世界。

一个一度艰辛到"再也不想做刀"的"刀二代"，如何引领刀具的五次革命？一个平凡的阳江人，如何将一个茅草屋里的小作坊演绎成为"中国第一刀"的产业帝国？

李积回的故事，是一把刀锤炼的故事，也是一把刀传承的故事。

"苦不堪言"的学徒生涯

李积回的家庭堪称"刀剪世家"。他的父亲李良辉是新中国成立后的第一批刀剪从业者，在业内曾被称为"中国刀王"。而"十八子"的名字正是源于这个"李"字。

父亲的师傅梁季芙更是一名大家，他不仅是中国刀剪史上大名鼎鼎的"教父"，其标志性的"季芙小刀"还曾在 20 世纪 40 年代的世界博览会上展出。

1983 年，改革的浪潮仍在积聚。李积回的父母选择成为了第一批"吃螃蟹的人"，他们主动放弃了国营刀剪厂的工作，在一个乡间的茅草屋内创办了工厂，那间一度被台风吹垮的茅棚厂房也成为了"十八子"创业的开始。

继承父亲衣钵，如今从事刀剪行业已有 30 多年的李积回坦言，在职业生涯初期，完全没有想到会把刀剪作为自己终生奋斗的事业。谈起学做刀的历程，自嘲"命中带铁"的李积回用了一个出人意料的形容词——"苦

制刀车间工人正在磨刀（蔡黄浩　摄）

不堪言"。

　　在父亲的严格要求下，1986 年，刚毕业的李积回成为了一名"刀剪学徒"。李积回如今回首，苦涩依旧涌上心头。"有时候师傅为了磨炼你的心智，让你一个礼拜只做磨刀这一件事。从早到晚，从周一到周日，除了睡觉吃饭，就是磨刀。"

　　没有固定工资、没有休闲娱乐，对于一个刚毕业的年轻人而言，做一名刀剪学徒放在如今恐怕是一件难以想象的事。"父亲的初心只是让我学一门手艺，未来可以养家糊口。但那时做刀，不赚钱还受累。"

　　一年多的学徒生涯，李积回掌握了刀具制作的入门手艺。但随着沿海地区开放之风日盛，年轻的李积回离开了默默做刀的"灯火阑珊处"，选择去看一看"外面的世界"。

"离经叛道"的产品设计

　　"出去闯过一阵，我才切身明白了那句歌词——外面的世界很精彩，外面的世界很无奈。"

　　命运充满了有趣的巧合。3 年后，那个一度"再也不想做刀"的学徒李积回最终还是回到了刀剪行业。但这一次，他不再畏惧制刀背后的枯燥与艰辛。

　　而让李积回发生质变的原因非常简单——要让中国刀扬眉吐气。

　　"那时候，大量进口产品涌入中国，其中就包括形形色色的刀，菜刀、军刀等。"看着一把把进口刀走进了中国人的厨房，别上了中国人的腰间，李积回不仅对故土阳江心生思念，同样也心有不甘，"阳江有中国最好的刀匠、有中国最古老的技艺，阳江的中国刀哪里不如外国刀了呢？"

　　带着梦想回到阳江的李积回，再度走上一线，成为了一名刀剪从业者，这一做就是 30 多年。

　　"做事业和做刀的道理是相通的，好刀不仅要'热'处理，同时冷凝也需要到位。"对李积回来说，带着热情返乡的他，更需要做的是"冷思考"。

　　而这样的思考是方方面面的。从产品的细节到行业的创新，从工艺的

十八子集团刀具（汪鹏翀　摄）

设计到企业的管理，事无巨细都成了李积回所要思考的。

当发现中国的刀具功能大多单一，李积回设计出了一系列在当时看来有些"离经叛道"的产品。例如，能拧啤酒瓶盖的菜刀；例如，刀背能拍黄瓜的厨刀。这些在现在看来稀松平常的刀具，20 多年前已是十八子集团的热销产品。

当发现海外刀具存在刀柄较为脆弱的"通病"时，李积回设计出了一款连体直出刀具。刀柄不再用焊接的方式，而是直接与刀连为一体。一个小小的细节，也被业内誉为中国刀具的"第一次革命"。

即使十八子集团如今已是远近驰名，常年稳居多项第一，李积回也始终没有停止思考。

近年来，十八子集团携手中国工程院院士陈蕴博在阳江设立工作站，针对高性能刀剪材料及其先进制备技术开展研发工作。未来，一批结合了中国顶尖材料科学技术的刀具，或许又将迎来一次革命。

"要想让中国刀行，就要不停地创新"——实践中，李积回已经用这样的答案回答了自己 30 年前的"灵魂拷问"。

"智能制造"的不变与变

对于李积回执掌的十八子集团而言，乘着改革的东风，这个一度被台风刮坏厂房的作坊，如今已然成为根基雄厚的产业帝国。其不仅一度占据国内刀具市场62%的市场份额，产品更是畅销至全世界60多个国家和地区。

30年的时间，李积回形容华夏大地犹如"换了人间"，他也切身感受到了十八子集团的沧桑巨变。

30年，十八子集团的产品变了，从传统的"一天只做三把"的小刀，演化为民用产品（如厨刀）、军用产品（如小刀）、收藏工艺品、行业产品（医疗器械、药材用具等）等全品类的各式刀具。

30年，十八子集团的生产模式变了，从"一人一刀"的锻造方式，进化到如今结合了现代工业、材料科学、甚至是人工智能进行的"智能制造"。

30年，十八子集团的产业格局变了，从此前"一把刀走天下"，到如今集合了科研、炼钢、生产、销售、旅游配套服务一条龙的全方位经营的

如今的制刀车间（蔡黄浩　摄）

综合大型品牌企业。

"在十八子集团，工艺在变，生产线在变，产品在变，但有两件事情 30 多年没有变，那就是传承和创新。"

如果说创新体现在十八子集团的每一件热销产品中，那么十八子集团的传承则深入李积回及每一个员工的血液之中。"无论是新员工，还是工作 20 多年的老员工，十八子集团的不变的要求只有一条——要做好刀，先做好人。"

"好人"即是面对诱惑时，坚守自我。犹如 30 年间，当"赚快钱"的机会摆在李积回的面前时，他和他十八子集团坚持的始终是"做一把好刀"。

"好人"也是面对挑战时，泰然自若。当行业仿造抄袭之风日盛，甚至出现恶性竞争时，李积回没有被冲昏头脑，他选择用知识产权筑牢篱笆，同时用开放赋能整个行业，让伙伴获利，让同行受益。

"好人"也是面对未来，保持清醒。当"十八子作"这个中国驰名商标"飞入寻常百姓家"，李积回并未停下奋斗的脚步。而他的目标是让那一把把好人做的"中国好刀"继续走向世界的市场。

在"刀光剪影"中摸爬滚打了 30 年的李积回，有人形容他是一个精明的商人，有人形容他是一个有魄力的管理者。而李积回说，他更喜欢的称呼是"刀匠"，一个做刀并爱刀的匠人，一个经营刀也推广刀的经理人。

"从父辈那儿，我们所传承的不只是手艺更是一种精神，一种弘扬传统，精益求精做好刀的精神。"李积回说，他正致力将父辈的技术和精神传承给下一代人，期待阳江的"刀三代"能在前辈的基础上，继续磨炼钢铁般的意志和细腻的手艺。

"做一把阳江好刀，中国好刀，更要做一把世界好刀。这是我们十八子集团，也是我们一代又一代阳江人不变的目标。"

（原文刊登于东方网 2020 年 12 月 9 日）

走向我们的小康生活

了不起的小镇

都产自这里
全国七成的五金刀剪

广东省阳江市

小镇视频

小镇专题

中国灯饰之都——古镇镇

从"提灯走天下"发展到全球灯饰源产地，灯都古镇点亮世界，智照未来。

中山市古镇镇镇长

这个古镇，
不一般的亮

东方网·纵相新闻记者
贾天荣　卞英豪　汪鹏翀　蔡黄浩

　　如果你晚上来到古镇，如同置身一个盛大而精致的灯会，虽然全镇面积只有 47.8 平方公里，但令人眼花缭乱的灯光盛宴会让人确信，这里就是"中国灯饰之都"。

　　40 年间，坐落于广东中山的古镇镇从一个农业小镇，发展到如今灯饰产品年产量包揽全国超过 70%、全球近 50% 的著名灯饰之都。

　　小到卧室里的装饰性小灯，大到鸟巢里的照明系统，总有一盏点亮你生活的灯，来自这里。

被誉为"中国灯饰之都"的古镇（汪鹏翀　摄）

从农业小镇到灯饰之都

镇如其名，关于古镇镇的历史可以追溯到北宋时期。传说北宋末年有古氏族人由南雄珠玑巷（现位于广东韶关）迁来，当时古镇还只是海湾中的一个孤岛，初称古溪。清中叶时期已渐成圩镇，遂改为古镇。

与同时代的很多南方小镇一样，40 年前，古镇镇还是桑基鱼塘、稻花飘香的农业小镇。乘着改革开放的东风，敏锐的古镇人察觉到灯饰行业的巨大潜力，他们从一根电线、一只灯泡、一座灯架制成的简易台灯起家，一个个家庭作坊如雨后春笋般冒出，一家家夫妻店、兄弟厂在这里生根发芽。

其中，华艺照明创始人区炳文就是古镇灯饰企业"从无到有"的代表人物之一。

区炳文从花木生意起家赚到了人生的第一桶金，彼时还是 1986 年，花木事业在古镇镇风头正盛，但处于事业高峰的区炳文却悄悄地退了出来，把目光转向了做灯。

一个做灯的堂弟向区炳文传递了一个信息：中国灯饰业正处于飞速发展期。区炳文也了解到，中国内地其他地区的灯具比广东落后好几代，古镇生产出来的灯饰在中原一带非常受欢迎，于是他和另外两人凑了 5 万元，

古镇灯饰展示（汪鹏翀　摄）

聘请了 4 名工人，成立了华艺灯饰厂。

就是从这样一个看似简陋的"小作坊"开始，历经 30 多年的发展，华艺成了本土企业的龙头，也成了整个古镇灯饰企业发展的缩影。从华艺集团、胜球灯饰、欧普照明到松伟照明……这些耳熟能详的民族品牌，带着新老古镇人"提灯走天下"，让来自古镇的灯饰"亮"遍了全世界。

早在 20 世纪 90 年代初，古镇的灯饰已经"亮"遍了全国。但真正让古镇灯饰闪耀世界的，还得追溯到 1999 年——古镇举办了第一届"中国（古镇）国际灯饰博览会"（以下简称"灯博会"）。

短短 6 天时间的第一届灯博会，参观人数达 40 多万人次，让名不见经传的古镇一炮而红；2002 年，古镇举办第二届国际灯饰博览会，成交额达 68 亿元人民币。

在古镇镇镇长阮志力看来，第一届灯博会是古镇灯具灯饰产业发展的转折点，其象征意义远远大于展会本身的经济效益。"因为这届灯博会是以'马路展会'的方式，确立了古镇人的产业梦想，同时也是其'产业核心'的奠基。"

目前，以古镇镇为代表的中山地区已经成为中国灯饰行业最大的生产和销售基地。以古镇为核心，集聚形成了中国最大的生产销售产业集群。古镇灯饰产业链也已经辐射到周边 3 个城市，远销 130 多个国家和地区，

古镇镇镇长阮志力（蔡黄浩　摄）

成为名副其实的"中国灯饰之都"。

从照亮生活到艺术生活

松伟照明董事长谢伟告诉东方网·纵相新闻记者，做好一款灯，和做好一款菜是一样的道理。"首先必须要有好的原材料，我们的思维要有全球采购的理念，一定要用最好的供应商产品做我们的原材料。"实际上，每个古镇人心中都有属于自己的一盏好灯，但在无数种对好灯的定义之中，他们又都默契地将"原创设计"列为了重中之重。

华艺广场总经理丁瑜认为，除了品质是根本，原创设计是定义一款好灯的核心。"你要做好灯，要令灯不仅能受到国内消费者的喜爱，还能受到外国消费者的尊重，这就需要有我们自己对原创的理解。"

阮志力也表示，古镇灯饰的含义其实可以分开理解："灯即照明，饰即艺术设计。"也正是为了扶持这种灯饰行业的"创意经济"，古镇镇政府鼓励企业集聚全世界的设计师一起交流，并为企业的原创灯饰提供一站式知识产权司法保护服务。

近4年来，古镇镇专利申请量和专利授权量分别达到了67439件与57113件。为了进一步缩短专利授权时间，同时也为后续可能产生的专利维

华艺广场总经理丁瑜（蔡黄浩　摄）

华艺照明为多个世界知名建筑提供设计和灯光（汪鹏翀 摄）

权，镇政府还设立了专门的知识产权快速维权中心，一盏原创灯饰的知识产权预审查 7 天完成，整个申请最快 10 个工作日内即可获得国家知识产权局授权，保证审核速度与灯饰产品研发上市周期同步。

正是在镇政府的大力支持下，以华艺集团为代表的古镇灯饰企业可以做到精益求精、心无旁骛，从打造国家会展中心、鸟巢等大型场馆的照明系统，到为世界范围内如迪士尼乐园、迪拜哈利法塔提供设计、灯光，真正让全世界看到了"中国之光"。

从创意照明到科技照明

如今，人们对于灯的需求早已不再是"亮"那么简单。厨房、卧室、客厅、会展……在不同的场景下，消费者对照明的要求也不尽相同。阮志力认为，未来的灯饰将更多往创意化、智慧化和科技化上发力。

对于这一点，谢伟也深有体会："直到今天，寿命和亮度只是灯的基本要素而已，我们还要赋予消费者更多购买的价值。"

"就像不能拍照的手机不是好手机一样，今天的台灯如果不能给手机充电，我都觉得它不是台灯了。"谢伟告诉记者，经过 30 多年的发展，古镇生产的灯饰早已从过去的简易台灯变得科技感十足。"过去灯丝、玻璃加一

工人正在灯饰装配车间工作（蔡黄浩　摄）

个铁质底盘就是一个灯，现在我们灯里面用的铝材都是航空级的，甚至有的用了石墨烯的工艺，除了能给手机无线充电，正在研发的最新款，还可能要配置摄像头。"

与时代连接的不光是产品本身，企业、政府还努力将古镇打造成一座"光电之城"，让来自世界各地的厂商、消费者、游客挑选产品的同时，也能在卖场、灯市等流光溢彩的灯光秀之间，感受着独特的灯文化。对于古镇人来说，这些卖场和灯市承载着他们对于弘扬灯饰文化的使命感。

2020年以来，全球新冠肺炎疫情的肆虐，也给灯饰长明的古镇企业带来一丝阴霾，但趁着直播带货的风口，古镇人很快就转危为机。丁瑜告诉记者，从2020年3月以来，华艺的直播带货销量每月达千万元。"基本上所有厂家的库存在直播季期间就消耗完了。在资金又流动起来的情况下，工人的复工复产也带动起来了。"

疫情对于全世界来说都是一场大考，对于企业而言，更需要在短暂的黑暗中思索转型与升级。但古镇人依旧充满激情与希望，如阮志力所说："只要有黑暗的地方，就需要光明，灯就是光明。"

（原文刊登于东方网2020年12月10日）

2008 年去意大利
看展经历令他刻骨铭心……

东方网·纵相新闻记者
贾天荣　卞英豪　汪鹏翀　蔡黄浩

松伟照明创始人　**谢伟**
（汪鹏翀　摄）

广东省中山市古镇镇，一个面积只有 47.8 平方公里的南方小镇，每年却生产出全国超过 70%、全球近 50% 的灯饰产品。

近 40 年间，华艺集团、胜球灯饰、欧普照明、松伟照明……这些耳熟能详的民族灯饰品牌在这里扎根发芽壮大，新老古镇人们以带领中国灯饰走向全球为己任，提灯走天下，让从古镇发出的"光亮"照遍了全世界。

其中，松伟照明创始人谢伟背井离乡来到古镇近 20 年，一步步看着这个行业发展、企业壮大，但他进入这个行业最初的梦想，却只是"想买一辆奔驰车"。

被唤醒：选择辞职下海

谢伟出生于陕西安康，大学毕业以后，他当上了警察，先后在派出所和刑警大队工作，在其他人眼里，这是一份风光又令人羡慕的职业。

1997年的一次同学聚会上，谢伟偶然间听在深圳工作的同学谈起广东。在同学的描述中，这个只在电影中认识的地方开放、自由，薪资条件也更优越，谢伟被这一切深深吸引。那时适逢下海热潮，他毅然决定用停薪留职两年的机会，去广州"闯一闯"。

没想到这一闯，就是20多年。

初到广州的谢伟第一份工作是南方报业的广告部业务经理。"那时候的工资到手能有3000多元，和老家相比涨了7倍，我感觉很满意。"

初来广州，这里的商业氛围让出身农村的谢伟直言大开眼界，他有机会接触到很多企业家和商人，在与他们的交流中，他感到自己不安分的内心逐渐被唤醒。"我觉得无论是个人品质还是知识面，我都不比这些老板差，为什么我不能追求更好的生活？"

怀着这样的想法，谢伟再次到当地人才市场寻找机会，偶然间发现中山市古镇镇的一家灯饰企业招聘。彼时的他还没去过广州以外的其他地方，对于古镇镇这个相对陌生的名字，仍有些担心："当时对古镇没什么概念，觉得会不会是和我老家一样的一个镇？"

1997年底，谢伟来到古镇镇以后，才惊讶地发现，这里人来人往，家家户户做灯，遍地开厂，灯饰行业的产业链已在这里初具规模。而自己即将面试的，也正是古镇灯饰的代表行业之一——东方灯饰集团。

他顺利地通过了面试，从此做了一个古镇人。

在东方灯饰工作一年多后，谢伟又被"挖"到了古镇的另一家大企业欧普照明。在几家古镇最大的灯饰企业的工作经历，也让他进一步了解了照明行业，觉得此市场前景大有可为。

谈及进入灯饰行业的初衷时，谢伟很坦然："刚开始只是想改善生活，想买一辆车，觉得别人能开上奔驰，那我也可以。"

但随着在当地大企业里工作，渐渐被那里的氛围感染和影响，想要谋求更好职业发展的谢伟发现，和欧普照明、东方灯饰相比，很多古镇的中小企业老板做灯饰的目的就只是赚钱。"他们做灯只是一个短期目标，并没有想要成就一个伟大事业的决心和梦想。"

这也让谢伟下定了决心，做自己的品牌。"当时我就把老家的房子做了抵押，贷款加上 11 万元左右的积蓄，2003 年起开始在古镇创业。"

一个老板，两个员工，松伟照明就在称得上"简陋"的条件下诞生了。

遭歧视：折戟国际展会

谢伟至今还记得 1999 年在古镇举办的第一届灯博会对他影响至深。"那时候我注意到，如果我们一直做简单的中低端灯饰，未来的路可能会越走越窄。"

也因为这样，谢伟在松伟照明的定位中，大胆确立了"锁定未来年轻人"的产品风格。"选产品就和选衣服一样，有西服、衬衣、袜子那么多种类，我认为我们做的就是灯饰行业中的 T 恤衫。"

为什么将自己产品定义为灯饰中的 T 恤衫？谢伟的解释是："这要求产

古镇灯饰（汪鹏翀　摄）

品迭代换季快，用量也是最大的。"

迭代换季快，意味着产品需要经常推陈出新，但曾经的"新"却一度是这个行业的"痛点"。"在最初做灯的时候，我发现整个古镇乃至中国的知识产权监管体系并不完善，所以在推出一款新产品时，会有大量的抄袭。"这也是中国灯饰产品在全球的市场定位中，曾经普遍集中在中低端的重要原因之一。

最让谢伟印象深刻的是自己 2008 年去意大利参加米兰家具展的经历——满怀期待来到家具领域的最高展会，却被浇了一头冷水。"在现场拍了几张照片，我被他们的安保带走，组织者怀疑我在抄袭作品。"

那让谢伟感到了一种侮辱，他说："虽然我的企业还不算很大，但作为一个中国灯饰从业者，在外国受到了这样的歧视，我感到悲从中来。但同时我也深深意识到，当时中国灯饰行业抄袭成风，已经在国际上造成了恶劣影响。"

圆梦想：专注原创设计

也是从那时起，谢伟树立了自己毕生的梦想：用原创产品向全球证明，在中国，有一个灯饰品牌，代表着中国民族企业的真正实力。

"松伟照明的底线就是原创。我们不抄袭任何一款国外产品，我们打造自己的原创产品，而且还是一种代表中国灯饰文化的体系。"谢伟告诉记者，正是秉承着这样的价值观，一路走来这 17 年，松伟照明专注原创设计和品牌建设，目前松伟拥有灯饰方面的发明专利 6 个，新型实用的专利 14 个，外观专利覆盖 1600 个产品，后者位居中国灯饰专利保有量前列。

"现在我再去意大利的展会，可以看到开始有几家国外企业抄袭我们中国的灯饰设计了。可以说这几年，通过我们古镇镇政府和所有企业、全行业协会的努力，颠覆了国内整个灯饰行业，也在国际上慢慢确定了中国灯饰产品的地位。"

如今再谈及原创，谢伟显得无比骄傲。"这一路走过来很辛苦。因为原创产品需要更多的时间和代价，但也正是因为走这条路，让我们对产品方

灯饰车间内的装配生产线（汪鹏翀　摄）

向有了更执着的坚持，所以才有了松伟的今天。"

如今的松伟照明，扎根古镇，在全国有 800 多家专卖店，同时远销欧美、东南亚等国际市场。未来，谢伟想在中国市场拓展到 2000 家甚至 3000 家专卖店，进一步开拓海外市场，真正代表中国灯饰行业的民族品牌走向全球。

松伟照明的发展历程是众多古镇民族灯饰企业的一个缩影。在这里，无数追梦的外乡人和勤劳的本地人一起提灯走天下，将古镇建设成当之无愧的"中国灯饰之都"。

"这是一座包容的城市，你可以在这里享受到公平竞争的营商环境，也能感受到古镇人全力以赴、充满激情的创业氛围。"直到现在，谢伟依旧被这里深深吸引。"我背井离乡来到古镇 20 多年，现在已经是古镇人了。"

（原文刊登于东方网 2020 年 12 月 10 日）

走向我们的小康生活

了不起的小镇

全球一半的灯饰
都产自这里

广东省中山市古镇镇

小镇视频

小镇专题

中国浮标之乡——临湘市

坚持产城、产业、产文融合发展，将临湘打造成钓具产业制造中心。

临湘市云湖街道办事处党工委书记

注意：
愿者来了

东方网·纵相新闻记者
钟书毓　马旭　丁一涵　蔡黄浩

姜太公钓鱼，怎么知道愿者上钩？一个小小浮标，乍看不起眼，却是必不可少的钓鱼装备。

对钓鱼者而言，观察浮标的动向便能知晓鱼咬钩的情况。因此一根好浮标，首先要禁得起"泡"，在水中保持稳定，又要在鱼咬钩后够灵敏。

如此专业的浮标，大多都产自湖南省临湘市。历经 20 多年发展，浮标产业已成为湘北地区一大支柱产业，临湘市也成为了国内乃至国际知名的浮标生产基地。

随着浮标业的发展，临湘市基本形成了一条集原材料供应、浮标生产、电

生产于临湘的浮标（丁一涵　摄）

商物流、竞技体育、旅游会展于一体的全产业链，年总产值已经突破30亿元。

先天优势助力产业发展

临湘地处水乡，依靠当地的自然优势，小小的浮标，如今已经成为这里的一张名片。

"小小浮标俏模样，三寸芦苇拴线上。"当地的产业优势可谓"历史悠久"，相传赤壁之战时，东吴名将黄盖曾在云梦泽太平湖（今黄盖湖）上"折苇作标"，由此开启用浮标垂钓的先河。

可制浮标的芦苇在临湘当地被称作芭茅杆，湘北的渔民用土法将芭茅杆尖制成钓鱼的浮标，只要有鱼上钩，这个标志就会晃动或下沉，给钓鱼人明确信号。

而源自临湘的浮标，发展道路却兜兜转转。清光绪年间，临湘人刘璈出任台湾兵备道，将浮标工艺带上了宝岛，传给了当地百姓。1992年，台湾刘氏后裔和客商汪东城、陈济昌等人来到临湘，投资创办了一家渔具厂，通过这家企业的带动，临湘浮标开始了企业化生产。

一根一尺长的芦苇，经过切割、打磨、塑形等几十道工序后，可制成6—7根浮标。如今，临湘共有几百家浮标生产企业，浮标产量占据了全国

可制浮标的芭茅杆（丁一涵　摄）

80% 的市场份额。

目前，国内的钓具市场基本形成格局："威海的竿，临湘的标。"与威海钓竿一样，临湘浮标的市场地位不可撼动。

临湘标准等同"国家标准"

浮标产业最初都是靠工人手工生产。湖南省临湘市浮标产业发展中心主任李宏毅向东方网·纵相新闻记者介绍，原来人们制作浮标的材料比较单一，都是以芦苇、孔雀羽为主。近几年通过发展，材质上有很多创新，纳米碳纤维、巴尔沙木等各种材质都应用到浮标制作。

浮标的品种，也从简单款，到无线充电智能款，一应俱全。

除此之外，浮标的生产流程也逐渐"进化"。早期，纯手工生产的浮标容易出现产品规格参差不齐的问题，并且更加耗费人力。"过去都是家庭作坊型生产为主，经过几年的沉淀，当地研发了很多机器设备，现在的浮标生产基本上是半机械化。"

产品进步的背后，是从业者们精益求精的匠人精神。临湘"十大名匠"称号获得者廖维回忆起研发电子标和夜光标的那段日子时，感慨道："真是

湖南省临湘市浮标产业发展中心主任李宏毅（蔡黄浩　摄）

在工人打磨浮标的时候，面前的管道可以将细小粉末吸走（蔡黄浩　摄）

研发了好几年，一个个加班的夜晚，还有一个个被否决的方案、一次次精密的计算……"

李宏毅表示，临湘的浮标产业已形成一个集群，为规范产业发展、建立更好的秩序，临湘市政府打造了一个公共实训基地，为从事浮标生产的工人们提供免费培训，合格的工人可以直接去各大厂家从事生产工作。

从业态来看，浮标生产属于劳动力密集型，并不具有高技术含量，不过这个产业能吸引就业，产值也比较可观，对于提升临湘的知名度有很大帮助，所以政府层面也大力扶持浮标产业的发展。

在浮标产业园内的生产车间里，工人们正熟练地进行各环节操作，东方网·纵相新闻记者观察到，无论是打磨、塑形还是上色、组装，大多工序都开始应用数控成型技术。机器切割使得产品更加精密、质量稳定。而在喷漆环节有了新科技的保障，更有利于工人们的健康。

而在对已成型浮标进行打磨的车间，记者发现无论是地面还是墙角，几乎都没有任何粉尘污染，奥妙就是工人面前吸力强劲的一根管道，像吸尘器一般，开启后，它就会将磨出的细小粉末吸走，避免生产车间遭受粉尘侵袭。

当地的浮标产业集群已形成规模，李宏毅认为，要提升推广临湘"浮标之乡"的称号，就是要提升公共品牌的竞争力，首先就要从"标准化"这一入口着手。

"浮标原先没有国家标准，因此临湘标准就是'国标'。"目前的"浮标生产规范"就是由临湘几家企业参与制定的，李宏毅表示，未来将通过提升临湘的浮标生产标准，进一步推动国家建立行业规范。

"浮标小镇"推动百亿元经济

据了解，浮标在钓具装备中占比约 8%，国内垂钓爱好者有 6000 万人，钓具市场消费约 600 亿元，浮标市场占了 40 亿元至 50 亿元。

在国内新冠肺炎疫情缓解后，户外垂钓的热度强烈反弹，甚至超过疫情前，由此促进了渔具行业的销售。据李宏毅介绍，从电商平台的数据来看，2020 年临湘浮标的销售量已较前一年翻了一番。

随着人们对垂钓活动兴趣的逐步攀升，临湘当地也加大力度推动加快建设"浮标小镇"。

临湘浮标小镇的规划建设，是在做好浮标产品的基础上，以浮标为本，积极引进其他钓具产品龙头企业，形成多样化、一体化钓具产品链。因此，浮标小镇的打造也不是发展单一的浮标企业，电子标、鱼饵、钓竿、钓具包装、碳棒等生产企业将龙头集聚，共同推动"浮标 +"建设。

位于云湖新区内的临湘浮标小镇，还打造了一个"全国一流、生态最美"的国际垂钓中心。在这里有 8 个标准竞技池以及 85 个休闲钓台，承办了国际国内大型的垂钓比赛，不少钓鱼协会也经常在此举办活动，闲暇时间，也有一些垂钓爱好者前来垂钓。

除了"浮标 + 体育"的形式、临湘还通过"浮标 + 旅游""浮标 + 文化"，继续拉伸浮标产业链条，不断扩大产业外延，努力创建游钓大品牌。

未来的临湘市，将以地域文化与钓具产业为根基，以游钓文化、垂钓休闲、体育赛事为内容，形成集体育赛事垂钓、大众游钓、休闲康养于一体的游钓小镇，实现"浮标 +"的融合发展，让"漫步江湖，游钓临湘"品牌享誉三湘四水、大江南北。

（原文刊登于东方网 2020 年 12 月 16 日）

20年了，廖维的"浮标情结"没起伏

东方网·纵相新闻记者
钟书毓　马旭　丁一涵　蔡黄浩

湖南省驰冠钓具有限公司总经理　**廖维**
（丁一涵　摄）

起初，临湘的老百姓压根就没想到，那些拿来当柴烧的杂草芦苇能变成经济作物，能帮他们赚钱、发展当地经济。

根据最新统计，当地小小的浮标产业2019年总产值突破了30亿元，占据全国80%的市场份额，还带动当地3万余人就业。

现在担任湖南省驰冠钓具有限公司总经理的廖维就是临湘浮标手艺人的一个缩影。从手艺人到经营者，20多年来，她与浮标一起沉浮。

热爱，从车间开始

1998 年，刚进入浮标工厂的廖维就是一个车间的普工，她从最基本的贴纸、上色开始做起。最初，浮标还都是由工人手工制作，车间环境也没有现在这么好。

在车间待了几年，廖维将浮标视为"自己的孩子"一般，考虑最多的就是"如何将手中的这支浮标做好"。出于这样的热爱，她经常会琢磨做浮标的方法，别人不能做到的她也想要尝试一番。

浮标生产的门槛并不高，但在重复性的手工劳动中，如何将浮标做得更好更标准、如何开发出更实用更高级的浮标，成了对廖维的一种挑战。

由这些念头驱使，再加上刻苦钻研，她在 2008 年时成为了生产线的管理者，手下有 100 来个员工。

"管理车间的时候也会带入自己的经验，因为每个手工作业的流程，都需要亲自去检查，避免出错。"区别于自己制作浮标时只需专注眼前的产品，开始管理员工的廖维，需要带动工人们进行浮标生产的学习，对她来说，肩上又多了份责任。

在廖维的工厂里，工人正手动给浮标上色（蔡黄浩　摄）

随着临湘浮标生产技术的逐渐成熟，各种半自动化机器开始出现，一有新技术，廖维也会先自行测试，观察是否能达到产品质量需求，然后再教工人们怎么使用。新机器带来了新机遇，有了技术的加持，浮标也有了更多创新的空间。

创新，需坚持不懈

"我们厂是最早开始做电子标和夜光标的。"

谈起这两种浮标，廖维感慨道，在前期研发的过程中遭遇了好多次失败，为了制成这样的新式浮标，工厂投入了大量的人力、精力、物力。

廖维回忆起那段时光时说，除了每天按时按量完成原先客户的订单和生产量外，很多时候，她和员工只能晚上一起加班，研究新技术。

电子标、夜光标和传统浮标有很大的区别，因此在生产技术上也多了许多步骤。电子浮标可以无线连接智能手机，通过手机报警音，提示钓鱼者鱼咬钩的信号，夜光浮标则帮助夜钓者更好预判，但这两种浮标里面的芯片、电池安装、防水问题对生产者提出了更高的技术要求。

在经历了一次次的尝试与放弃后，新式浮标几年后才慢慢浮出水面，

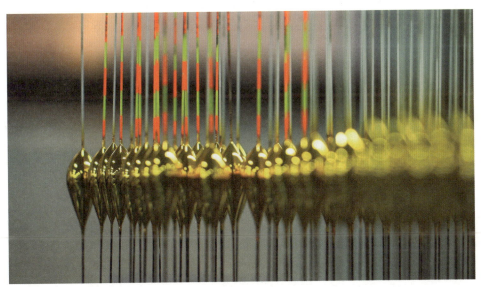

廖维工厂里的工人们手工制作的浮标（丁一涵　摄）

但一经上市，立马成为了当时销量最好的产品。

历经几十年的发展，临湘浮标产品形态多样，既有以芭茅杆等茅草为代表材质的传统型产品，刻有很深的手工艺烙印，也有以纳米材料为代表的新产品，能运用于不同钓鱼场景的特殊浮标也层出不穷。

传承，是一份责任

为了传承发展临湘浮标，把浮标产业做大、做强，2017 年，临湘市开展了浮标"十大名匠"和"五佳工匠"的评选。

来自 67 家企业的匠人经过层层选拔后，入选的选手还需要浮标制作现场比赛，并且通过严格的浮标制作基础知识闭卷考试，最终的优胜者才能获得荣誉称号。

凭借着 20 多年来的工艺和经验，廖维在这些竞争者中脱颖而出，荣获"十大名匠"的称号。谈及这一名号，她更觉得这是一份责任。

"我想把我所知道的浮标技艺，都传承给工人们。"廖维觉得，作为一个企业的管理者，更需要有份担当来促进临湘浮标产业的发展。

为了做大产业，提升知名度，临湘市与中国钓鱼运动协会联动，在临湘建成国际标准钓鱼赛事场地，每年在临湘举办多场国际级、国家级钓鱼赛事。这对廖维这样的浮标手艺人和管理者而言，是产业发展的好机会，不过要将浮标持续向前推进，依旧有很多工作要做。

廖维认为，产业升级离不开新技术的应用与开发，当地浮标企业也需要通过行业标准化进行规模化的生产。

随着技术改进、产业集群的打造，临湘的浮标行业正迈向新纪元，"工匠精神要求我们对产品精雕细琢、精益求精。"在追求卓越的道路上，廖维等浮标工匠们也立志让临湘的产品在世界上立足。

（原文刊登于东方网 2020 年 12 月 16 日）

走向我们的小康生活

了不起的小镇

浮标生产基地

占据全国八成市场份额的

湖南省临湘市

小镇视频

小镇专题

东方网
eastday.com

中国伞都——东石镇

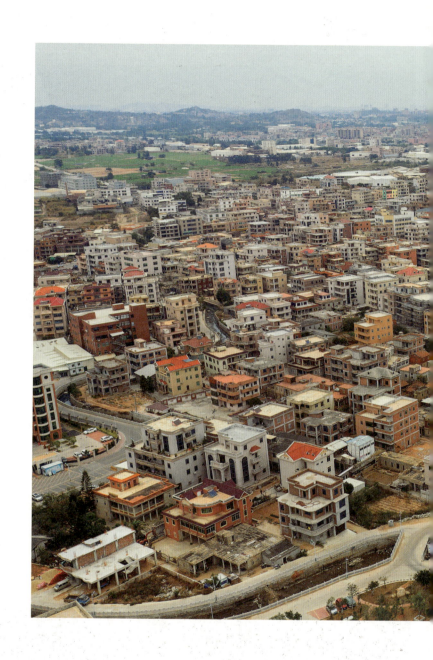

以创新发展推动制伞产业转型，用实体经济夯实全面小康根基。

晋江市东石镇镇长

东石镇，
一个最不怕风雨的地方

东方网·纵相新闻记者

马旭　钟书毓　蔡黄浩　丁一涵

"撑着油纸伞，独自／彷徨在悠长、悠长／又寂寥的雨巷……"作为最早发明晴雨伞的国家，中国文人骚客曾赋予了它优雅、清高的美好意象。

而在福建省晋江市东石镇，人们至今仍在与制伞结缘。据东石镇副镇长许竞宇介绍，目前全镇拥有制伞企业 300 多家，从业人员 5 万余人，成品伞的年产量约 5.6 亿把，占全球总产量的四分之一。

撑遍了世界的东石伞如何一步步扎根于此？未来这里又将走向何方？

一把展开的彩虹伞，工人在检查它的质量（蔡黄浩　摄）

东方网·纵相新闻记者走进这个占地面积仅 65 平方公里的福建小镇，为你讲述"中国伞都"的故事。

过往之基

东石镇位于晋江市东南沿海，是闽南重点侨乡之一，有海外侨胞、港澳台同胞 30 余万人。得天独厚的地理优势与海外资源，为当地制伞业的启蒙与发展奠定了基础。

1982 年，受侨胞熏陶广开眼界的当地人以来料加工①的方式办起了加工伞厂，并不断向周边辐射。进入 20 世纪 90 年代后，制伞业在东石得到迅猛发展，形成了集研发、生产、销售、出口一条龙的制伞产业链。

福建省伞业行业协会会长刘基安是那个时代的亲历者之一，由他一手创办的福建雨丝梦洋伞实业有限公司曾相继获得"中国驰名商标""中国名牌""国家免检产品"等多项荣誉称号。

在刘基安眼中，敢拼是东石人能成功的重要品质。

福建省伞业行业协会会长刘基安（丁一涵　摄）

---

① 来料加工又称"两头在外"的加工生产形式。指国际贸易中，由国外厂商提供原材料，按照指定的产品规格标准和质量要求加工生产，成品运交对方销售的一种生产贸易形式。

如今，国产伞的功能与花色越来越丰富（蔡黄浩　摄）

1990 年，不到 20 周岁的刘基安放弃了稳定的制伞厂工作，决定自己创业。他向东方网·纵相新闻记者回忆，那时福建制伞企业基本依靠进口伞骨，国产主流伞骨只有一款以厚重、实在为特点的"大陆骨"，而且供不应求，只有个别国营制伞大厂能够生产。

几经周折，瞄准商机的刘基安成功招揽了一位国营制伞大厂的技术人员，加班加点地突破了"大陆骨"的制作难题。该伞骨一经投产，迅速抢占了福建市场。"这是我的第一桶金。"刘基安笑着说。

除了敢拼，思路开阔的东石人更善于紧跟时代。20 世纪末至 21 世纪初，由于国内制伞厂家数量增长迅速，市场竞争极其激烈，东石镇的制伞企业家们纷纷把目光投向了海外。

参加广交会、设立海外公司，他们通过多种方式深耕多年，成功让东石伞"撑遍"世界。如今，当地每年 80% 的成品伞被远销全球 160 个国家和地区，是全国乃至全世界最大的伞业集群。

最新数据显示，2019 年，东石镇成品伞出口约 4.37 亿把，出口创汇超过 11 亿美元。

未来之路

东石镇的伞业之路是从家庭制伞作坊开始的。

26岁的许子安从小在东石镇长大，在他的童年印象里，镇上的每家每户都与制伞有关。"当时工厂为了减少成本，把成伞所需的零配件分到各家组装，按件付费。镇里人基本都会通过做这个挣点外快。"

不过，随着国内用工成本不断提高，这套模式渐渐从优势变成了负担。

为了解决这一难题，东石镇政府通过加大对本土科研平台的扶持力度，在基础建设、人才引进、市场开拓、渠道建设、管理升级等多方面给予更多支持，帮助企业转型升级。

优安纳伞业总经理王翔鹏就是这一模式的受益者与践行者。2016年8月，该公司建立了企业技术中心，3年内投入近4000万元专注于产品的研发与生产线改造。

"我们自行研究的自动化生产线已经投产，等待后续厂房及相关配套设施完善后就会更新换代，大大减少了人力成本。"王翔鹏说。

这股创新之风也吹遍了整个东石镇。据了解，目前东石镇伞业集群内有省、市级研发中心、领军企业共17家，产学研合作结对伙伴4对。2016年

缝制伞布是制伞的重要环节（蔡黄浩　摄）

东石镇副镇长许竞宇（丁一涵　摄）

以来，新技术、新设备的投用更是有力地将企业用工量减少了 30% 以上。

　　除了创新发展，东石镇对于当地伞业还有另一项规划：完善渠道建设。对此，许竞宇解释道："我们会引导企业在巩固外需的同时，通过电商销售、'网红经济'等形式开拓内需市场，实现销量增效。"

　　许竞宇认为，政府助力企业发展一定要紧随时代变化。"比如 2020 年，为缓解疫情带来的冲击，我们加大了对中小微企业的信贷支持及税费减免，并且为厂家配车，专门帮助他们将外地工人接回本地，实现复工复产，共同努力渡过难关。"

　　采访时，许竞宇说到了"晋江经验"。它由习近平总书记于 1996 年到 2002 年，在福建工作期间总结提出。其最为鲜明的特色，就是紧紧咬住实体经济发展不放松，核心动力是改革创新，核心内涵是全面发展。

　　"未来我们会把企业服务做到更好，而爱拼敢赢的东石人，在'晋江经验'的指引下，也一定会抢抓机遇，开拓创新，进一步做大做强'中国伞都'品牌，创造更加美好的未来。"说这话时，许竞宇的眼睛里闪着光。

（原文刊登于东方网 2020 年 12 月 13 日）

这个"90后"，千金买"伞"骨

东方网·纵相新闻记者
马旭　钟书毓　蔡黄浩　丁一涵

在谈及自主品牌时，王翔鹏的脸上露出笑容　**王翔鹏**
（蔡黄浩　摄）

王翔鹏的办公桌上摆放着一套茶具，对他的采访就是从一壶茶水开始。

这位福建优安纳伞业科技有限公司的总经理泡茶动作熟练：温具、置茶、冲泡……这项闽南老一辈人的爱好在他身上并不显得突兀。

"优安纳伞业"的前身是晋江鸿盛雨具有限公司，成立于1991年，由王翔鹏的父亲在晋江市东石镇所创立。优安纳是中国轻工业制伞行业（成品伞）的10强企业，旗下拥有优安纳、Yuzont、VIVA等多个自主品牌，其主打品牌"雨中鸟"更是中国驰名商标。

2020年，30岁的王翔鹏正值而立之年。站在人生的十字路口上，王翔鹏说："前几年，我一直在说传承。今天，我想谈谈改变。"

自主品牌

王翔鹏毕业于英国伦敦大学，是该校金融学硕士。2012 年春天，刚刚结束最后一门考试的他当天便搭乘飞机，回国加入了优安纳伞业的国内业务部门。

这与他家人的意见相悖。王翔鹏说，父亲更期望他在金融业上大展宏图。"老一辈人知道制造业的苦。在我记忆里，父亲每年只有在大年三十那天下午才有时间停下来休息。"

但他还是坚持了自己的选择，"因为这是刻进骨子里的东西"。从小在制伞厂里长大的王翔鹏对于每一根伞骨、每一块布料，都很熟悉。

彼时，优安纳的主营业务还是代工贴牌。凭借多年海外求学所积累的金融知识，以及对国内市场的大量调研，王翔鹏敏锐地意识到，代工贴牌过于被动，只能依靠"价格战"的方式进行竞争，"凭借自主品牌才有机会掌握话语权！"

2012 年，在王翔鹏的参与下，"优安纳伞业"逐步走上自主品牌建设

经过多道工序，工人即将制成一根伞骨（丁一涵　摄）

的道路。2015 年，当他全面接管公司业务时，这一方针得到了更加有力的实施。

国内业务方面，王翔鹏全力打造"中国驰名商标"雨中鸟系列伞具。2018 年，该品牌荣登"中国品牌价值评价自主品牌榜"前 15 名，品牌价值 20.86 亿元。

对于海外业务，王翔鹏带领公司组建团队远赴俄罗斯、乌克兰、埃塞俄比亚与孟加拉国等多个国家，建设海外办事处与分公司，推广自主品牌"优安纳"。此外，为了加快品牌建设进程，他还收购了意大利户外用品品牌 VIVA。

"经过这几年的努力，在公司总体业务占比中，我们自主品牌产品的销售已经超过了代工贴牌产品，而且总营收自 2012 年以来增长了近一倍！"王翔鹏的言语中不乏自豪之情。

人人创新

近几年来，随着人工成本持续上涨，东石镇的伞业打响了一场转型升级"攻坚战"。

据王翔鹏介绍，作为一款低附加值的快消品，雨伞的利润率较低。"企业一般靠量取胜，因此要想从根本上解决成本上涨问题，只能对雨伞的生产方式进行革新。"而这也正是王翔鹏近几年推动的主要工作之一。

2016 年 8 月，优安纳伞业建立了企业技术中心，并在 3 年内投入研发资金近 4000 万元，专注于产品研发与生产线改造。"我们自行研究的自动化生产线已经投产，等待后续厂房及相关配套设施完善后就会进行更新换代，大大减少了人力成本。"王翔鹏说。

如今，该公司已申请专利 128 项，其中发明专利 25 项，已获授权的专利有 109 项。

这也是王翔鹏自认与父辈最大的区别之一。"老一辈人认为每一分钱都来之不易，在创新方面投入较小，而我坚信只有生产方式的创新才是中国制伞业的新出路。"

为了更好激发员工的创新活力，王翔鹏更是把"人人创新"这一理念当作企业精神建设的头号工作。"为了鼓励员工积极参与，我们专门成立团队审核每位员工提出的想法，通过审核后会给予该员工一定的奖励。此外，一旦项目成功落地，员工还会收到一笔更丰厚的奖金。"

千金买马骨，筑台自隗始。2020 年，该公司的一名普通生产员工提出的"伞布自动化轧边"项目甚至获得了科技部"科技助力经济 2020"国家重点研发计划专项立项。

采访最后，王翔鹏语气坚定地说："技术创新所需要的资金投入高、风险大，而且回报缓慢，但作为一家有着 29 年制伞经验积累的企业，我们有足够的能力与耐心去度过这个冬天，等待那朵开在春天的花。"

（原文刊登于东方网 2020 年 12 月 13 日）

走向我们的小康生活

了不起的小镇

产自这里

📍 福建省晋江市东石镇

全球每四把雨伞中就有一把

小镇视频

小镇专题

东方网
eastday.com

端砚之乡——肇庆市

紫气东来，研通四海。

肇庆市端砚协会会长　王建华

磨出来的
中国砚都

东方网·纵相新闻记者
单珊　周安娜　张俊学　汪鹏翀

"端州石工巧如神，踏天磨刀割紫云。"在诗鬼李贺的笔下，唐代端州（今广东肇庆）盛产的端砚原石开采过程，犹如魔幻大片——石工化身顶天立地的巨人，手持巨斧开山凿石。

端石制砚得享大名，也正是从唐代开始。被誉为"中国砚都"的肇庆至今都流传着广东举人进京赶考，所携砚台呵气研墨、寒日不结冰的故事。始于唐盛于宋，端砚与安徽歙砚、甘肃洮河砚和山西澄泥砚并称为中国四大名砚，并居群砚之首。

制砚：浑然天成和因材施艺

在端砚故乡白石村，村民世代以砚为耕，至今已有 1300 多年的历史。程振良就是从白石村走出来的制砚名家，程氏制砚历史，到他已经是第14代。

走进程振良的工作室，沙沙的摩擦声和锵锵的敲击声不绝于耳，工匠们俯首在灯光下，或专注行刀，或悉心打磨。工作室一角，堆放着一批未经雕琢的原石。

程振良随手用布蘸湿一块原石粗胚，石头的本色显现。"像这里有一个天然的翡翠圈，就可以用石头本身的纹路来创作。我大概想过，这里可以设计成一滴水，下面有一圈圈涟漪。"

端砚大师程振良（汪鹏翀　摄）

正说着，程振良拿起一支铅笔，在石头上画出草图，"滴水之恩涌泉相报"的设计就在说话间完成。"这就是天成砚，天公已经帮你设计好了。"

不过，并不是每一块砚都能"浑然天成"，按照不同的石品花纹和形状，需要匠人"因材施艺"。"为什么我要把这些石头摆得到处都是？因为我要每天看着它们，每一块石头都是有生命力的，它们会慢慢告诉你应该做成什么样子。"

采石、维料、设计、雕刻、打磨、上蜡、配盒，从一块石到一方砚，需要匠人少则几天、多则几年的构思和制作。而这背后是匠人们长年的摸索和积累。

从幼年在白石村的其他制砚世家"偷师"学艺，讲到梦中灵光乍现设计出的砚被广东省博物馆收藏，现年48岁的程振良虽不善言辞，但每每提到自己的创作过程，他常提高音量，眼里闪着光。

回忆12岁时起就开始跟家中长辈学习制砚基本功时，程振良撸起右手的袖子，拳头一握，手臂上肌肉毕现。"从小跟老一辈去山里面学采石，练习铁锤和凿的配合，练好体力腰力和臂力。那个年代没有机器，回来以后要把石头凿成需要的形状，把刀具都运用自如了再去雕刻，才能人刀合一。"

程振良36岁时就被肇庆市政府认定为端砚界首批三位拔尖人才之一，而且是最年轻的一位。如今，他有着中国文房四宝制砚艺术大师、全国技术能手、广东省工艺美术大师、肇庆市非遗传承人等傲人的头衔，享受国务院政府特殊津贴，作品共获 70 多个奖项。但褪去这些标签，他的本质还是一名朴实无华的匠人。

与出身制砚世家的程振良不同，国家级端砚大师柳新祥从木雕到砚雕，自首都到砚都的经历，可谓一波三折。

从故宫博物院下属中国砚文化研究所作为人才被引进到肇庆后，柳新祥带着浓厚的"宫廷砚"雕刻风格开启了创业之路。40 年间，一徒一桌的小作坊逐渐演变成肇庆市首个集研究、创作、参观展示、教学培训于一体的大型民间端砚艺术馆。

柳新祥端砚艺术馆的镇馆之宝便是一尊直径 210 厘米、高 95 厘米的宋坑石鼓形端砚，这是柳新祥十年磨一剑的心血，也是世界上最大最重的鼓形端砚。

发展：制砚售砚和文旅路线

像程振良和柳新祥的制砚工作室，在肇庆还有很多。

根据广东省端砚协会会长王建华介绍，端砚行业现有从业人员约 2 万人，作坊近 3000 家，工商注册的私营企业、商户有 600 多家，已经基本形成了一个完整的产业链。年产值达到 10 亿元，年销售达 5 亿元左右，产业规模在全国的砚种里是最大的。

端砚被认为是肇庆乃至广东的一张文化名片，肇庆已形成"砚村、砚坑、砚岛"的文化产业链。

其中，砚村以传统制砚和销售为主，国内以端砚为主题的最大博物馆也坐落于此。记者走访时，有不少游客慕名前来，博物馆门前的

程振良工作室的工匠雕刻端砚（汪鹏翀　摄）

广东省端砚协会会长王建华（汪鹏翀　摄）

旅游大巴络绎不绝。

王建华介绍，随着国家的疫情防控效果越来越好，每天少则几百人，多则上千人来端砚博物馆参观。很多游客不单单来参观，而且来购买。

2000 年，端砚被列入"保护性稀有矿产"名录，肇庆市为消除非法开采，全面"封坑"，其中就包括三大名坑——老坑、麻子坑、坑仔岩。从此，端砚进入"纯库存加工"时代。"封坑"十几年，端砚的价格也涨了几十倍。

虽然封了坑口，但砚坑周遭绝佳的风景，也为这里开了一扇窗。在紫云谷景区，分布着众多碧如翡翠的水潭和嶙峋怪石，被誉为"广东九寨沟"。这里也有唐朝年间开采砚石的千年老坑洞，每年吸引几十万人前来探究千年的开采文化，寻觅散落在端溪水中的宝石。

至于砚洲岛的起源，是由一个关于"包公掷砚成洲"的传说而来。

据说，在宋朝，被誉为"包青天"的包拯任端州（肇庆）知郡事三年期满离开时，船出羚羊峡，突然波浪翻腾。包拯事感蹊跷，立即查问，得知手下人收了端州砚工送来的一方端砚。

包拯立即取来端砚抛到江中，刹时风平浪静。后来，在包拯掷砚处便隆起了一块陆地，这就是砚洲岛。"不持一砚归"，也成为包拯清廉律己的

中国端砚博物馆一角（汪鹏翀　摄）

美谈。

如今，砚洲岛这个广东省最大的江心岛，也成为风光旖旎的生态文化休闲度假区。砚村、砚坑、砚洲岛，这三个点串在一起，形成了一个完整的端砚文化旅游路线。

传承：突破瓶颈和培育人才

王建华是生在上海、长在肇庆的山东人。做了 20 多年的记者后来转型为一名端砚行业的管理者、端砚文化的宣传者，他的涉砚经历与现代端砚发展史处处契合。

王建华高中毕业之后到了肇庆黄岗大队当知青，结识了一群制砚人，由此开始接触端砚。后来记者的职业使他站在更开阔的角度去审视端砚行业，他把对端砚的爱好转化为对端砚事业发展的追求，并参与筹备成立了肇庆端砚协会。

"中国砚都"这个称号，最早就是由王建华提出申报的。规划建设"砚村、砚坑、砚岛端砚文化产业基地"，也是王建华的提议。

端砚历经千年而不衰，薪火相传的工艺美术大师和民间艺人功不可没。端砚文化传承，也是王建华 20 多年来不断尝试突破的瓶颈之一。

王建华介绍，传统端砚技艺一般都是家族传承和师徒传承为主。最初

程振良工作室的工匠雕刻端砚（汪鹏翀　摄）

的从业人员大部分是农民出身，当时，制砚对他们而言只是一个安身立命的手艺，很多大师级的人物停留在工艺师的层面。如今，政府对端砚行业以及人才高度重视。

首先，是建立人才职称评定和称号授予机制，例如中国工艺美术大师、国家非遗传承人、中国文房四宝制砚艺术大师等。

"国家赋予他们这些荣誉，让他们切身感受到作为传统艺人，继承这种中华优秀文化，会得到社会的尊重，同时也获得了收益，改善了他们的生活。"

其次，是通过学校教育培养职业技术人才、普及端砚文化教育。把人才培养从传统的教育方式，转到了学校正规的培养方式。让高学历人才加入专业的创作队伍，从事艺术创作。另外，通过竞赛的方式去培养人才，在技能大赛中培养与发掘了很多可塑之才。

在人才方面，肇庆已经走上了一个良性的培养发展道路。想必，端砚未来的传承和发展也如这个城市般欣欣向荣。

（原文刊登于东方网 2020 年 12 月 11 日）

贷款制砚记

东方网·纵相新闻记者

单珊　周安娜　张俊学　汪鹏翀

端砚大师　**柳新祥**

（张俊学　摄）

　　柳新祥端砚艺术馆坐落于广东省肇庆市的中国砚村。走进大厅，抬头看到是一尊直径 210 厘米、高 95 厘米的宋坑石鼓形端砚，只见蛟龙游走鼓身，狮首衔环两侧，气势磅礴，令人心生敬畏。

　　2020 年 62 岁的柳新祥就是这尊端砚的创作者。他花了 10 年时间，打造了这方重 7 吨、雕 56 条祥龙、融合三种流派（宫作、苏作、广作）的《龙腾盛世砚》，也打破了世界纪录。

柳新祥端砚艺术馆的《龙腾盛世砚》(张俊学　摄)

10 年一砚，历程已不忍回顾

每个艺术家都希望在自己的领域留下传世之作，柳新祥也不例外。2000 年，45 岁的柳新祥觉得机会已然成熟。他足足花了 3 年时间，找到一块重达 30 吨的宋坑端砚石料。

面对这块原石，各种雕刻题材在柳新祥脑海中不断浮现、又不断否定。2003 年春天，他带领 14 个弟子开始艰苦创作。

2013 年，此砚荣获扛旗世界纪录（CARRYING THE FLAG WORLD RECORDS），成为世界上最大最重的"鼓形端砚"，也是中国砚雕历史上第一个以"鼓"为造型的端砚。

但直到现在，每每谈到这款砚的制作过程，柳新祥总是忍不住鼻头一酸。"喜怒哀乐，酸甜苦辣，五味杂陈"，他用这 3 个词概括 10 年的心路历程。

按照设计方案，柳新祥计划这方砚要在 5 年内完成。但面对一块 30 吨的石料，困难远比他想象中要多。最早的设计是做人物山水砚，后来被他自己推翻。工程量和工程难度是一方面，资金的短缺则更为现实。

"两年做下来，这块砚基本上没动。第五年的时候，才做了一半。"但这时，柳新祥的财力已难以为继。不得不停工。后来有人提出以 500 万元资金买下这方半成品砚，但前提是要求他继续将之完成。

收回部分成本还是继续投入？柳新祥陷入两难境地。甚至连家人都劝过他放弃，但柳新祥最终还是选择拿起刻刀继续完成这项浩大的工程。

他去银行贷款，抵押了自己住的房子，甚至借高利贷来保障项目资金。"这样一段苦难经历，我至今不敢回想，这块砚当初是怎么完成的。"柳新祥感慨，"创作这样的作品，人生又能有几个 10 年？"

10 年期间，团队共用各种刻刀 15000 余把，其中用废刻刀 6000 余把，电动机械工具 120 多台，各种砚雕配件 10000 余件，先后投入资金超过 3000 多万元。

对于如此大的投入，柳新祥的想法很简单，就是想打造一个能代表自己工艺水平、代表肇庆"中国砚都"的作品。2013 年，专家为《龙腾盛世砚》估价 3.5 亿元人民币。

首都砚都，匠心独运成大家

柳新祥出生在江苏泰兴，17 岁高中毕业后就跟着同村木雕名师学习手艺，3 年勤奋学习，让他很快掌握了设计制作木家具的雕刻技艺，在泰兴城内外小有名气。

1978 年，北京工艺品进出口公司招聘红木家具雕刻师傅，经过考试，柳新祥脱颖而出。时年 20 岁的他就这样第一次来到首都，专门设计制作宫廷类家具。

没过多久，好运再次向他招手：北京故宫博物院成立了中国砚文化研究所，需要招收砚雕技术人才。通过考试，柳新祥顺利入选，开始接触我国历代古砚、宫廷御用砚以及名家藏砚的仿制、修复和研究工作。

上至秦汉南北朝，下到唐宋元明清的国宝级文物，令柳新祥叹为观止。他如饥似渴地学习古代砚雕技艺，深刻观察宫廷砚流派的特点。尤其是"四大名砚"之端砚，巧夺天工的岭南砚雕艺术，给他留下深刻印象。

在北京的 5 年，为他将来的砚雕艺术之路打下了坚实基础。随后，他又迎来了人生的转折点——1983 年，肇庆为了发展端砚产业，把他作为技术人才引进，在一家知名砚厂从事端砚设计制作。

就这样，他带着浓厚的"宫廷砚"雕刻风格，从首都来到砚都。

初来肇庆，语言不通、岭南砚雕风格的迥异都让柳新祥颇不适应。他此前钻研的宫廷砚雕讲究规矩方整、严谨对称，而岭南的砚雕风格更讲究因材施艺，根据石品花纹特点去构思创作。在不断学习和交流中，柳新祥很快将两种风格融会贯通。

1994 年，柳新祥自己创业，筚路蓝缕，每一步路都历尽艰辛。创业初期，因为客源少，资金周转困难。为了生计，柳新祥将作品打包走遍了全国各大城市的大街小巷、地货摊、古玩市场、文物商店、博物馆、珍品馆，年复一年，风云不改。经过几年的艰苦努力，终于有了起色，作品也慢慢开始畅销。

这些实用性强、欣赏性佳的砚也获得韩国、日本及港澳地区客商的关注，纷纷前来订货，这也让柳新祥的工作室从一徒、一桌的小作坊逐渐发展成一个工厂，后来成立端砚艺术公司、最终建成肇庆市首个集研究、创作、参观展示、教学培训于一体的大型民间端砚艺术馆。

40 多年的耕耘，为柳新祥带来"中国文房四宝制砚艺术大师""广东省工艺美术师""全国技术能手"等诸多头衔。

传承古艺，靠理论也靠创新

如今，柳新祥在设计端砚之余，更多的精力是放在写作上。他书房桌面，堆起了半人高的手稿。10 多年的时间，他写了 5 本端砚方面的专著。

"端砚历史悠久，内涵深厚。把这门艺术更好地传承、弘扬，这是我们大师的责任。另一方面，还可以通过端砚创作提升理论基础，再以理论推动创作，提高创作水平。"

在这期间，柳新祥已经收了将近百余个徒弟，很多人已经成为省、市级工艺美术大师。柳新祥举例，在 2018 年的肇庆市职业技能大赛前 10 强

柳新祥端砚艺术馆一角（张俊学　摄）

中，他的弟子包揽了端砚制作的前 7 名。

柳新祥的儿子柳飞子承父业，从事端砚创作。谈到儿子，柳新祥也甚是骄傲。"他的作品有一种新鲜感，一种时代气息。"在创作中，柳飞将砚石与茶文化、香文化艺术摆件等相结合，兼具实用性、观赏性和收藏性，受众人群也更多地面向年轻人。

从小耳濡目染，让柳飞对这一行业有着超出同龄人的理解。"不单要传承发展，更要去创新，通过互联网、新媒体、大数据平台、线上线下结合，去推广宣传端砚文化，让我们的'柳门砚雕'品牌能得到更好的传承与发展。"

在父辈的殷殷目光下，以柳飞为代表的新一代端砚艺术传承人们，正跃跃欲试，踌躇满志。

（原文刊登于东方网 2020 年 12 月 11 日）

走向我们的小康生活

了不起的小镇

中国四大名砚之首

端砚故乡

广东省肇庆市白石村

小镇视频

小镇专题

东方网
eastday.com

中国羊毛衫名镇——大朗镇

　　一件毛衣、一个产业、一个城市，温暖世界。敢为人先的大朗人用纱线编织了七彩致富路！展望"十四五"，时尚织城、品质大朗将开启世界毛织时尚的新征途！

东莞市大朗镇镇长　方德佳

不产一根羊毛的
"中国羊毛衫名镇"

东方网·纵相新闻记者
周安娜 单珊 汪鹏翀 张俊学

从手摇机到数控织机，从贴牌生产到自主品牌，从外销到内外销兼备……40 年间，在东莞市大朗镇这个不产一根羊毛的"中国羊毛衫名镇"，毛织产业从无到有、从小到大、从弱到强，整个发展与壮大的过程成为了中国纺织产业成长的缩影。

街头五颜六色的广告牌上是多到眼花缭乱的纺织品牌，"全球每 6 件毛衣就有 1 件产自大朗"在成为当地引以为傲的宣传标语的同时，也说明纺

在大朗镇的街头，纺织产业的广告牌随处可见（汪鹏翀 摄）

织产业和当地人的生活已经息息相关。

也许，你买的羊毛衫正出自大朗。

提高效率，用机器代人力

松浦弥太郎在他的《好物100》中，将羊绒作为人生100件好物之一。无法比拟的质感和无法比肩的价格，让这种纺织原料有了"软黄金"和"纤维皇后"的别称。

"白云一样的绒毛，带给了我们太多温暖"，广东印象派服装有限公司（以下简称"印象派"）、羊绒衫品牌"印象草原"创始人李胜利这样说道。

李胜利向东方网·纵相新闻记者介绍，印象派的前身其实是鄂尔多斯集团在深圳的分公司，2006年独立发展后，"印象草原"也应运而生。

品牌成立后，企业开始了由"批量生产"到"量身定制"的转型，并将目标客户定位在了年轻群体。

"传统印象中，人们总觉得羊绒衫的颜色和款式偏土、偏旧，像是老一辈人才穿的。我们希望我们的品牌能打破这种观念，让年轻人也爱穿这种好看、质量好的羊绒服饰。"

羊绒衫品牌"印象草原"创始人李胜利（张俊学 摄）

印象派的生产车间里，五颜六色的羊绒线（张俊学 摄）

在印象派生产车间里正在检查羊绒衫袖子的工人（张俊学 摄）

"印象草原"显然是成功的。

记者了解到,"印象草原"的技术团队通过多年探究,发现了具有天然抗菌功能,且色泽自然的天然植物染料——烟叶提取物。在与国内外专家的合作下,他们成功将植物染料的低温染色技术运用到羊绒产品中。这一技术不仅获得了国家发明专利,还让"印象草原"成为了中国植物染色流行趋势发布基地。

不仅在色彩技术上做到突破,"印象草原"对于生产本身的改革也从未停下脚步。

在印象派车间里,自动化设备替代了大部分的人工劳动——上千条羊绒纱线在电脑横机上来回穿梭,在很短的时间内,一件羊绒衫的前襟就能"出炉"。

"以前我们是手摇机织羊绒衫,生产效率比较低,产品品质不稳定。用了自动化设备后,不仅用工成本低了,生产率和产品质量也得到了极大提高。"车间主管刘崇君说。

记者在车间看到,每位生产工人面前都放着一台平板电脑,上面显示着目前工序的"作业指导书":当下加工的羊绒衫图片、每一道工序操作内容,以及有哪些注意事项,指导书上都有清楚的指示。

刘崇君表示,由于每天的款式更改频繁,这样的做法能尽量避免员工出错,对于新员工来说,也有助于提高他们的生产效率。

更令人惊叹的是,同样的生产车间、同样的机器,生产效率还能做到年年提升。

李胜利表示,从羊绒纱线变成羊绒衫至少需要27道工序。而从接到定单到交货,印象派的效率超乎想象。"我们最开始的时候是10-15天能交货,后来加快到6天交货,2019年提升到5天,2020年4天就行了。"

"未来,我们的目标是3天交货!"刘崇君补充说。

顺应潮流,有"直播"还搞体验馆

如果说印象派的生产车间带来的是对大朗纺织生产技术的直接认知,

雅绮服装有限公司的董事长刘剑波（张俊学　摄）

雅绮服装有限公司建立的"线下体验生活馆"（张俊学　摄）

那么雅绮服装有限公司（以下简称"雅绮"）的董事长刘剑波则让我们感受到互联网、新技术、新模式对纺织产业的作用和影响。

成立于2004年的雅绮是大朗较早进行互联网运营的一家毛织公司。作为一家集设计、生产、品牌运营、电商销售于一体的企业，2020年新冠肺炎疫情期间，当其他公司的生产和销售都受到一定影响的时候，雅绮的电商业务却逆势出现"大爆发"，官方活动时曾创下8分钟卖出了1万件产品的最高纪录。

雅绮的电商之路现在走得很顺，但刘剑波向东方网·纵相新闻记者透露，创业初期的坎坷曾让他一筹莫展。也就是在那时，电子商务作为一个全新的商业模式出现了。经过长时间的思考后，刘剑波坚信，电子商务才是未来发展的趋势，于是着手对它的研究。

2008年的国际金融危机掀起了一波"倒闭潮"，曾让许多毛织企业陷入前所未有的困境，而刘剑波创立的企业，不但业绩没有受损，反而倍增。打那时起，刘剑波更认定了电子商务这条路没有错，要坚持走下去。

刘剑波透露，雅绮正慢慢地布局跨境电子商务，等疫情过后就可以全力推进。

不仅如此，雅绮还把"直播带货"当作新的商业模式，培养自己的主播，建立自己的直播基地。

在做好线上销售的同时，雅绮还建立了"线下体验生活馆"。在刘剑波看来，随着经济的发展，人们早已从"目的型购物"变成"享受型购物"，在购物过程中除了能享受到应有的服务外，如果能额外得到店家的特色服务，可以更好地留住客人。

记者在该生活馆内看到，店内除了女装以外，还有美妆及生活日化类产品。在休息区，还有服务人员提供水、咖啡等饮品服务，以此让顾客获得更好的购物体验。

"我们知道我们能做什么、能做好什么。我总觉得商业的本质归根结底还是产品和服务，只有这两样做好了，才能够留住我们的消费者。"刘剑波说。

打造名片，对品牌进行全球注册

截至 2019 年，大朗已经有超过 17000 家的毛织企业、超过 10 万台数控织机的使用总量，以及超过 8 亿件的年产毛衣量。庞大的数字让这里成为华南地区最重要的毛织品交易市场。

如今的大朗，不仅是全国首批"中国羊毛衫名镇"，还在 2018 年、2019 年连续两年获得了"中国纺织服装行业十大特色集群"称号。

据大朗镇副镇长曾悦透露，2019 年大朗镇 GDP 达 354.75 亿元，在中国综合实力千强镇中，排名第 30 位。此外，在全镇 22 张国家级名片中，17 张和毛织有关，足以说明毛织是大朗"最重要的名片"。

曾悦表示，多年来，大朗镇委、镇政府高度重视毛织产业的发展，建立了较为完善的行业协会体系，为的就是让产业能够更加健康、可持续地发展。

在顺应时势大力发展电子商务的同时，大朗镇还积极引导企业开拓国内外销售市场。

据悉，大朗已经在世界 80 多个国家和地区对"大朗"和"大朗毛织"

大朗镇副镇长曾悦（张俊学　摄）

区域品牌进行注册，多次组织企业以"大朗毛织"为统一标识参加多国的国际服装采购展、服装展以及中国针织博览会等纺织品展览会、交易会。

曾悦表示，接下来，大朗毛织将以创新为根本，抓好毛织产业研发和市场销售。以"科技、时尚、绿色"为时代的新定位，以打造大朗毛织贸易中心、开展市场采购贸易方式试点为契机，为中国毛织产业高质量发展贡献大朗力量。

（原文刊登于东方网 2020 年 12 月 12 日）

大朗的横机"君"师

东方网·纵相新闻记者
周安娜　单珊　汪鹏翀　张俊学

东莞升丽针织有限公司电机部技术总监　**秦淑君**
（汪鹏翀　摄）

　　广东省东莞市大朗镇能有今天"中国羊毛衫名镇"的称呼，追其根源与 20 世纪 70 年代末一位香港人的到来不无关系。

　　1979 年，一位香港商人在大朗镇建立了他的第一家毛纺厂。在随后很短的一段时间里，毛纺企业在大朗遍地开花，自此揭开了大朗毛织业发展的序幕，也吸引越来越多的港资毛织企业在这里落户。

　　这其中就包括东莞升丽针织有限公司，它的电机部技术总监秦淑君还被称为"可能是大朗最懂一体机成型技术的横机技术人才"。

　　如今在大朗的纺织生产工厂，自动化设备已经替代了大部分的人工劳动，电脑横机可以批量生产出毛衫的前襟后片，工人要做的更多是例如"缝合"这样的工作。而一体机则将人力成本降为零，通过这种机器，一件完整的无缝毛衫可以直接"出炉"。

尽管在东莞已经工作了快 10 年，秦淑君一口非常"不广东"的普通话还是能"暴露"他并非来自这里。

出生于新疆，在西安读的大学，到日本进修，在澳门工作了近 17 年……秦淑君的履历精彩纷呈。

在他看来，长期在澳门工作的经历让他对那里有着最深的感情，但真正让他决心在纺织技术上钻研下去，还要属在日本进修的那一年。

秦淑君表示，日本人的敬业和专业不仅给他留下深刻的印象，也催生出他希望自己国家的纺织产业也能运用到更为先进的机器和技术的想法。

不过，从有这个想法到愿望实现，整个过程十分漫长。

"我们自己研究并使用一体机已经差不多有 10 年了，但直到两年前，这种技术才开始被人们广泛宣传，"秦淑君说，"究其原因主要还是工序太复杂，要靠眼力。年纪大的人做不了，年纪轻的人不愿学。"

而这正是现在大朗纺织产业面临的瓶颈。放眼望去，工厂里的技术人员和生产工人都是拥有着几十年工龄的熟练工，年轻一代的缺席让这里的毛织技术和文化难以传承。

"我们现在几乎招不到（年轻）工人，年轻人很少愿意入这一行。"秦淑君无奈说道，"但大朗毕竟是一个以毛织产业为特色的地方，就业的选择对产业的影响还是很大的。"

当谈及如何能吸引到更多的年轻人加入这一产业，秦淑君给出了一个意想不到的思路——或许和称谓有一定关系？

秦淑君表示，由于从事毛织生产的工人一般文化水平不高，该产业又一直给人留下密集型劳动的印象，工人很难从中得到社会满足感，自然也无法得到年轻人的青睐。

"工人们总是被称为'师傅'，可能手艺再好也只会被这么称呼，这是很难让他们对自己的形象保有自信的。"秦淑君分析道，"如果有一天，他们能获得诸如'工艺师''制作总监'等这类更好听的名称，年轻人觉得'有面子'了，或许也就愿意来这一行业了。"

秦淑君表示，在大朗，有工匠精神和过硬技能的人非常多。由于产业比较集中，工人的技术能力比较专一，在技术交流沟通等方面思路也比较广，提升会很快，造就一个"小工匠"其实很容易。

"我们已经招了两个（年轻）工匠来培养了，让他们从头开始学，抛开理论，尽快上手操作学习。这里有这么好的技术环境和行业环境，配套设施和原料齐全，怎么会培养不出人才来？"

不过秦淑君也承认，一体机成型技术还有着更大的进步空间。由于该技术还不足以应对复杂的花纹和款式织法，只能生产出纹路简单的基本款，所以对于未来它的发展，"当然会是趋势，但出于对生产技术多元化的追求，应该会和普通电脑横机一起，发挥着 1+1>2 的功效。"

此外，秦淑君还透露，虽然受到新冠肺炎疫情的影响，但升丽不仅没有裁员，反而还想招聘更多的人。"我们愿意'养'更多的工人，给工人解决就业问题，这是我们回馈社会的一种理念。"

他也再次强调希望年轻人进入毛织行业的愿望。"这一行主要还是靠'实干'，我们希望有更多包括优秀员工子女在内的年轻人能够继承、学习这些技能。当一件衣服是自己亲手做出来的时候，那种成就感是不一样的。"

（原文刊登于东方网 2020 年 12 月 12 日）

走向我们的小康生活

了不起的小镇

都来自这里
全球六分之一的毛衣

广东省东莞市大朗镇

小镇视频

小镇专题

东方网
eastday.com

中国竹器之乡——羊楼司镇

　　因竹而兴，凭竹崛起，接续努力将羊楼司镇打造成中国竹木家居产业的"掌上明珠"！

羊楼司镇党委书记

天生我竹
必有用

东方网·纵相新闻记者
马旭　钟书毓　蔡黄浩　丁一涵

　　临湘市羊楼司镇位于湘北边陲，该镇民众倚竹而居，几乎家家户户都与竹结缘。在这里，一句俗语广为流传："家有一园竹，全家都幸福。"

　　从竹制品小家具到竹家具全屋定制、从家庭作坊到规模工厂、从"十里竹器长廊"到"中国竹器之乡"，这座因竹而兴、凭竹崛起的小镇正在用一根根细竹编织"乡村巨变"。

竹乡的发展

　　"宁可食无肉，不可居无竹。"中国人喜爱竹子顶天立地且超凡脱俗的品格。而羊楼司镇可谓爱竹之人的"天堂"，这里目之所及，皆为青翠竹海。

　　羊楼司镇属于丘陵山区，气候温和湿润，四季分明。这对于楠竹的生长十分有利。目前，羊楼司镇共有楠竹 24 万亩，居湖南省各大乡镇之首。

　　谈及该镇与竹器的结缘，羊楼司镇党委书记李志华告诉东方网·纵相新闻记者，"20 世纪 80 年代中后期，镇里居民开始制作竹器用于售卖。而到了 90 年代，贯穿全镇的 107 国道两旁形成了'十里竹器长廊'，吸引全国的商家来此交易。"

　　彼时，家庭作坊式的制竹模式在当地是主流。晨星竹业有限公司董事长沈峰的父亲就在这条长廊上赚到了人生第一桶金，"他是镇上第一个做麻

用竹子编制成的小物件（丁一涵　摄）

将席（竹席的一种）的人。"

沈峰回忆："20 世纪 90 年代，镇上都是小作坊。我家一开始也只有父母二人编竹器售卖，鼎盛时，也只请了十来个工人。直到 21 世纪初，各家相继成立了企业，将竹器规模化生产后，这种情况才发生改变。"

30 余载沧海桑田。如今羊楼司镇的竹器产业早已发生翻天覆地的变化。全镇现有竹器加工企业 600 余家，规模以上企业 32 家，产品涵盖竹家居、竹床竹椅、竹炭板、竹工艺品等 6 大系列 480 多个品种，竹产业从业人员达 2.7 万人，竹床、竹椅占全国市场份额 85%。

竹器的升级

逍遥椅是羊楼司镇最普遍的竹制家具，而它被湖南大为竹业有限公司玩出了新花样。在该公司的展厅内，陈列着数十把不同类型的逍遥椅，在材质、款式、功能上各有不同，价格也从几百元到几千元上万元不等。

"以前我们这里是卖方市场，产品供不应求，主要生产竹制品小家具，科技含量不高。2018 年开始，市场接近饱和，竞争激烈，我们就萌生了升级换代的想法，整合了 4 家企业，成立了大为竹业。"该公司董事长黄学军

逍遥椅（丁一涵　摄）

种类丰富的竹器，小到竹摆件，大到竹制床（丁一涵　摄）

告诉东方网·纵相新闻记者。

目前，大为竹业主打竹家居全屋定制、成品家具与办公家具，并且通过校企联合开发产品、提升质量，"我们跟中南林业科技大学合作，经过两年的前期探索，2020 年我们已经成功实现转亏为盈！"黄学军笑着说。

竹器生产车间内忙碌的景象（蔡黄浩　摄）

这是羊楼司镇应对同质竞争，实现差异化破局的缩影。

李志华表示："我们正在实现从竹制品加工向竹木家居、电商物流、热电联产和竹生态文化旅游等上下游的延伸，有效实现了竹产业转型发展全链条式提升。2019 年，全镇竹产业产值达到 39.2 亿元，其中，竹木制品线上营业额突破了 10 亿元。"

竹业的革新

除了在竹器品质上下功夫，羊楼司镇也从竹器原材料入手，掀起了一场"底层革新"。

"竹海炭生源生物科技有限公司是这次革新的'排头兵'。"李志华的言语间不无骄傲。这两年，每逢有人来羊楼司镇参观学习，他总会推荐这家公司。

这家于 2018 年 9 月进驻临湘的企业，提倡"以竹代木""以竹代塑"的低碳生活。

"我们将竹子打成炭粉，再以固定比例混合制成板材。这些板材除了可以用来制造传统的竹木家具，也可以生产竹制地板等竹建材，而且产品不

羊楼司镇党委书记李志华（丁一涵　摄）

仅无甲醛，还反过来可以吸附甲醛，绝对绿色环保！"竹海炭生源公司总经理黄启明告诉记者。

据了解，该公司已在羊楼司镇投入 1.5 亿元，6 条生产线日消耗精炭粉 100 吨，折合原竹（竹屑）360 吨，有效打通了产业链条的痛点，提升了原竹价格，也极大消化了当地加工企业竹制品边角料与竹屑，实现变废为宝。

2021 年，竹海炭还会扩大生产。预计第二期投资 5.1 亿元，50 条生产线，年产值将达到 25 亿元—30 亿元。

该公司所在的羊楼司竹木家居创新创业园，总面积达 1000 亩，现有 6 家规模以上企业入驻投产，用工人数 820 名，年产值 3.2 亿元。据介绍，当地政府力争在 5 年内将该项目打造成产值过 50 亿元，税收超过 3 亿元的竹木家居产业示范区。

"下一步，我们将以特色小镇为载体，推进竹产业迈向高质量发展、全产业融合的时代，力争 5 年内打造竹产业百亿经济！"对于"竹器之乡"未来的发展，李志华的确有信心。

（原文刊登于东方网 2020 年 12 月 15 日）

黄启明的"竹"制多谋

东方网·纵相新闻记者
马旭　钟书毓　蔡黄浩　丁一涵

湖南竹海炭生源生物科技有限公司总经理　**黄启明**
（蔡黄浩　摄）

　　湖南省临湘市下辖的羊楼司镇被誉为"中国竹器之乡"。这里坐拥 24 万亩竹林，其生产的竹床、竹椅更是占据全国 85% 的市场份额。

　　在这样一座以竹器闻名天下的小镇中，一家名为湖南竹海炭生源生物科技有限公司（以下简称"炭生源公司"）的高科技企业仅在入驻当地两年后就脱颖而出，成了当地的产业名片，吸引上万人参观学习。

　　黄启明是这家公司的总经理，也是创始人之一。2020 年 55 岁的他，深耕行业数十载，回顾自己与竹结缘的日子，他只用了三个字概括——我骄傲。

艰难创新

2008 年，黄启明站在了职业生涯的十字路口。

彼时，从事地板与家具行业十余年的他，在业内已然是小有名气。而甲醛，这个家具行业绕不开的难题无时无刻不在困扰着黄启明。

"我能不能做一款零甲醛甚至能吸附甲醛的环保家具板材？"在思考这个问题时，黄启明第一个想到的"答案"就是活性炭。黄启明的家乡湖南是著名的竹业大省。对于活性炭，黄启明并不陌生。这款吸附甲醛性能极好的材料在当地可谓人尽皆知。

事实上，将原竹打磨、活化变成活性炭并非一件难事。然而，如何通过特定比例将它与其他材料混合，制成符合市场对硬度、防水等性能要求的板材，则成了横在行业面前的一座大山。

打造环保板材，这成了黄启明的阶段性"小目标"。为此，他开启了"白加黑"模式——白天他经营家装公司，夜晚则阅读专业书籍、尝试不同的原材料配比。

2014 年，经过多年研究后，自认为准备充分的黄启明开始投入大量资

未添加辅料的活性炭粉（蔡黄浩　摄）

金研发竹炭板材。然而，实际的研发成本与研发难度远远超过了他的理论预期。不到一年，五六千万元的"家底"就几乎全部"打了水漂"。

"那时可以说是我人生中最黑暗、最绝望的时刻。合伙人分道扬镳、资金链接近断裂、官司缠身……最穷的时候我口袋里只有几十元钱。"黄启明向东方网·纵相新闻记者回忆道。

然而，黄启明依旧咬着牙坚持了下来。依托于旗下传统家装行业的盈利，黄启明稍稍"缓过了神"。但他依旧没有忘记新产品的研发，甚至还投入了更多的精力和资本去实现他的这个"小目标"。

最终，功夫不负有心人。2017年，第一批竹炭板顺利面世。该产品刚进入市场后不久，便吸引了大批投资者。黄启明选择了北京的投资者，并合作至今。

回想起那段岁月，黄启明表示，支持自己走下去的动力，源于深耕行业多年而产生的判断："随着国家及个人对于家居材质安全和资源浪费问题的重视程度，未来趋势一定是发展环保、可循环的竹炭板材。"

蓬勃发展

产品和资金有了着落，黄启明的工作重心便放在了厂房选址上。经过考察，他最终将新厂地址选定在了湖南省临湘市羊楼司镇。

谈及这次选址，黄启明认为主要有两点原因：一是羊楼司镇竹产业深厚的历史积淀；二是当地政府的大力支持。

他与记者分享了一个"百日建厂"的小故事。"我们是2018年夏天跟羊楼司镇政府签订的入驻协议，当时园区这边什么都没有，连道路都不平整，长满杂草。但不到100天，政府就帮我们把厂房和道路都修好了，这真的堪称'羊楼司速度'！"

"政府给力，我们也不能'掉链子'！"黄启明介绍，两年间，该公司已在羊楼司镇投入1.5亿元，6条生产线日消耗精炭粉100吨，折合原竹（竹屑）360吨，有效打通了产业链条的痛点，提升了原竹价格，也极大消化了当地加工企业竹制品边角料、竹屑等材料，实现变废为宝。

小小的活性炭，解决了大量当地的废弃竹料（丁一涵　摄）

令人欣喜的是，随着研发资金不断投入，竹炭板材的质量也在逐步提升。"如今我们的产品不仅具有甲醛吸附功能，而且在硬度、防水与防火等多项指标上优于市场同级别产品。"该公司营销部大区经理黄超向记者介绍。

"2021 年，我们会全力扩大生产。预计第二期投资 5.1 亿元，50 条生产线，年产值将达到 25 亿元—30 亿元。"

对于炭生源公司的发展，羊楼司镇党委书记李志华倍感欣慰。这两年，每逢有人来镇里参观学习，他总会推荐这家公司，"希望它能继续当好镇里竹业革新的'排头兵'！"

谈及未来，黄启明和他的团队同样也是充满信心。随着"十四五"规划的蓝图徐徐展开，环保材料以及低碳经济的市场正在进一步扩大与完善。而对于羊楼司镇以及在羊楼司的创业者们而言，未来已至，未来可期，未来仍需拼搏努力！

（原文刊登于东方网 2020 年 12 月 15 日）

走向我们的小康生活

了不起的小镇

中国竹器之乡

竹产业年产值近40亿元的

湖南省岳阳市临湘市羊楼司镇

小镇视频

小镇专题

总结篇

有种品质，叫匠心

东方网·纵相新闻记者　卞英豪

"执着专注、精益求精、一丝不苟、追求卓越。"

站在实现"两个一百年"奋斗目标的历史交汇点上，一批勇敢的中国匠人，他们深耕基层，坚守传统，传承手艺，开拓创新；他们执着攻坚克难，双手勤劳致富，他们也用不懈的奋斗铸就了"工匠精神"全新内核。

2020 年，东方网·纵相新闻记者走访全国 20 个了不起的小镇。在那里，有享誉全球的特色产业；在那里，有你所不知道的独门手艺；在那里，

东方网·纵相新闻记者实地走访的"了不起的小镇"（汪鹏翀　摄）

还有你所难以想象的坚守与付出。在这 20 个了不起的小镇中，**我们也实地感受到了那了不起的"工匠精神"。**

勤劳

"不惰者，众善之师也。"

精湛的手艺或千差万别，拥有的天赋资历或各有不同，但工匠的成长从来就不存在任何捷径，而"勤劳"则是一名工匠成长的必由之路。

在浙江省湖州市德清县洛舍镇，来自贵州农村的林明飞已经做了将近 10 年的钢琴调音师。给一台钢琴调音，需要一次拨音、四次粗调、一次精调。这需要耐心的侧耳倾听，需要科学的仪器助力，更需要时刻的专注。有时，林明飞一站就是十几个小时。

"调音很枯燥，但是只要和音乐在一起，你会找到其中的乐趣。"如果说音乐改变了林明飞的职业发展，那么勤劳则彻底改变了他的人生轨迹。2019 年，林明飞和同事们带着"洛舍工艺"来到全国政协礼堂，凭借精湛的技艺，他们共同修复了一台 20 世纪 50 年代，周恩来总理用外汇购买的"老钢琴"。

正如林明飞所说，"勤劳"常常与"枯燥"甚至是"辛苦"联系在一起。在千篇一律中始终保持兢兢业业，工匠精神的锤炼没有冗杂的条件，却也并非是常人能做到的易事。

"有时候师傅为了磨炼你的心智，让你一个礼拜只做磨刀这一件事。从早到晚，从周一到周日，除了睡觉吃饭，就是磨刀。"

李积回来自"中国刀剪之都"阳江。他的父亲是有着"中国刀王"美誉的李良辉。但这似乎并没有为他带来任何光环和便利，从基层做起，从学徒做起。做了 30 多年五金刀剪的李积回，如今已是"中国第一刀"十八子集团的掌门人，但回首那漫长奋斗岁月，李积回依然有着"苦尽甘来"之感。

功崇惟志，业广惟勤。在河北省石家庄市藁城区梅花镇屯头村，藁城宫灯传承人白会平，家传三代做灯的他，16 岁开始从事宫灯制作。而他本人也是当地最为著名的手工艺人之一。**1997 年，他亲手制作的大红灯笼在香港回归时挂上了天安门和国家博物馆。**

盛名之下，他依旧坚持用自己的双手为千家万户带去那一盏盏精美的藁城宫灯。这个蕴含着独特中国文化的小灯，整个制作过程需要近 60 道工序。选材、雕刻、打磨、画图……挖竹篾、洗竹竿、钻座眼儿，周而复始。工艺复杂的宫灯在白会平的手中始终能够绽放出别样的风采。

"现在物质条件好了，但是传统的手艺不能丢，传统的勤劳致富的精神不能丢。"

专注

千磨万击还坚劲，任尔东西南北风。

经济社会转型升级，产业迭代机遇遍地。改革开放 40 多年来，华夏大地旧貌换新颜，伴随而来的有转瞬即逝的发展契机，也有持续不断的利益诱惑。"互联网经济""共享经济""金融科技"，当一众全新的名词"乱花渐欲迷人眼"，工匠们却执着地扎根在"灯火阑珊处"。

"父亲创业到现在，30 余年间，我们只做了罐头这一件事情。中间有很多机会我们可以转行，但是他没有选择别的，只是坚持做了这一件事情。"

山东省临沂市平邑县地方镇，这个人口 8 万人的小镇产出了全国三分之一的果蔬罐头。康发食品是当地的龙头企业之一。新冠肺炎疫情期间，他们的罐头远销海外 30 多个国家与地区。

成绩的背后是总经理刘鹏的父亲刘新才 30 多年的坚守。刘鹏说，父亲时常教诲，唯有持之以恒，即使是小小的罐头，匠人们也能做出大大的成就。"有罐头的地方，就有地方镇的罐头。"正是对"冷门"行业的执着热情，才让这句口号格外嘹亮。

雄关漫道真如铁。专注和坚守，这是小镇工匠们"而今迈步从头越"的底气所在。

无独有偶，作为改革开放后国内第一批"海归"，厉力众和小家电的结缘，可谓"误入产业中，一去二十年"。一次偶然的机会，他来到浙江省慈溪市周巷镇。因为"英语好"，他加入了月立电器，如今开发"中国制造"的小家电成为了他毕生的事业。

深耕家电产业，厉力众享受着奋斗带来的快乐和荣誉，这个"初代海归"不仅做出了让飞利浦、松下都服气的"中国制造"，也把月立电器建设成为当今全球最大的电吹风基地。

对产业的坚守需要岁月的锤炼，但年龄却未必是专注的唯一要素。在广东肇庆，端砚非遗传人程振良已然各种荣誉加身：中国文房四宝制砚艺术大师、全国技术能手、广东省工艺美术大师……程振良还是端砚界首批三位拔尖人才之一，取得这一系列荣誉时，程振良年仅 36 岁。

没有走进城市的钢筋水泥，程振良选择端砚的故乡扎根。从业至今，他将人生最芳华的年代托付给了端砚。采石、维料、设计、雕刻、打磨、上蜡、配盒，从一块石到一方砚，"毕其功于一砚"。程振良说，未来他仍将继续坚守这一门传统的手艺。

传承

"我们现在几乎招不到（年轻人），没什么人愿意入这一行。"

在东莞大朗，秦淑君被当地人称为"可能是最懂一体机成型技术的横机技术人才"。然而，即便是商业配套齐全，匠人齐聚的"中国羊毛衫名镇"，"传承"始终是困扰着工匠们的一道难题。

江苏省泰兴市黄桥镇，这个有着"东方的克雷蒙娜"之称的"中国提琴产业之都"。当地的凤灵集团，小提琴年产量可达 30 万把，占全球总量的 30%。凤灵集团不仅是中国最大的提琴生产厂，在全球同样产量高居第一。

当口碑、产能、渠道等问题早已不再困扰这个全球化的小镇时，"传承"已然成了凤灵集团的首席制琴师徐小峰等传统工匠的焦虑所在。

"成绩只是当下的，如果要建设有全球影响力的产业集群，我们需要带出更多的优秀工匠。"

凤灵集团首席制琴师徐小峰（汪鹏翀　摄）

让年轻人爱上传统工艺，让年轻人参与到产品创新，让年轻人真正融入小镇经济，徐小峰的喊话，恰如其分地诠释了当代传承工匠精神的必然和必要。

而在不少小镇，工匠们也正在着力让"执着专注、精益求精、一丝不苟、追求卓越"注入更多年轻人的血液中。

结合现代技术的创新，正是传统工匠精神传承的最佳载体。

在辽宁省葫芦岛市兴城，这座文化古城、疗养名城，凭借着新兴电商的力量，让"中国泳装名城"成功完成了第二次腾飞。当地，年届知天命的刘雪艳，几乎做了一辈子的泳衣。借助互联网的东风，越来越多的年轻人加入到了泳衣制作的行业，技艺得到传承的同时，当地的泳装行业也更为前卫和活跃。

"在古镇，创新深入每个匠人的骨髓。"在"中国灯饰之都"广东省中山市古镇镇，松伟照明董事长谢伟认为，在当代，新科技新技术日新月异，而基于此的创新正是工匠精神最好的传承与延续。

"创新的路并不好走，因为原创的产品需要更多的时间和代价，但是也正因为走这条路，让一代又一代的古镇人对灯有了更深的理解。"谢伟说，锐意创新、执著进取正在成为当代年轻人从传统工匠精神所汲取的重要养料。

党的十九届五中全会指出，坚持把发展经济着力点放在实体经济上，坚定不移建设制造强国、质量强国、网络强国、数字中国。

而在我们走访的 20 个了不起的小镇中，没有资本空转的虚浮，也没有一成不变的腐朽。有的正是实业兴邦的勇气，还有那颗坚守实体经济的初心。正是这样朴实而又接地气的产业环境，为工匠精神的孕育提供了最为肥沃的土壤。

幸福都是奋斗出来的。相信在一代又一代匠人的传承和努力下，工匠精神将在新时代迸发出更大的能量，激励并引领更多的踏实前行、坚守付出、勇于创新的劳动者，为中国实体经济的发展提供助力。

我们也相信，这些基层的工匠精神也将在全面建设社会主义现代化国家新征程上，书写新的不凡，创造新的辉煌。

（原文刊登于东方网 2020 年 12 月 17 日）

小镇崛起背后的"超级服务员"

东方网·纵相新闻记者　管竞

2020 年是"十三五"规划"交卷"收官之年，中国也进入了全面建成小康社会"第一个百年奋斗目标"的冲刺阶段。

实体经济是一国经济立身之本，是财富创造的根本源泉，是国家强盛的重要支柱。2020 年 5 月，国内疫情初稳，东方网·纵相新闻记者背起行囊，拿着核酸检测报告，开始了"了不起的小镇"的采访之旅。

从辽宁葫芦岛到广东东莞，一路走完这 20 个"了不起的小镇"，深刻感受到我们国家制造业已转向高质量发展阶段，制度优势显著，社会大局稳定，继续高质量发展具有多方面的优势和条件。

而每一个做出实体大产业的小镇背后，都有一个急企业所急、想企业所想的地方服务型政府。这些"超级服务员"，为企业"撑腰"，为发展"领航"，为转型"搭台"。

2020 年 5 月 10 日，影视演员王宝强在直播间为家乡邢台市南和区公益带货。他的搭档是南和区区委书记李胜敏，两人热情洋溢地向广大网友介绍当地特色产品，以及作为"中国宠业之都"的南和所生产的优质宠物粮和猫砂。

一位当地记者在直播现场随手拍了段 15 秒视频发到个人抖音账号，最后点击量竟然突破千万。这场直播背后的一个关键数字是：南和区宠物粮、猫砂的年产值已达到 80 亿元人民币。

邯郸永年标准件产业发展管理委员会职工赵杰报每天都会接到十几个外地客商的咨询电话。记下客户需求后，他总是向对方强调："我是政府工

湖南邵东市一家打火机制造厂的技术工人正在抽检打火机的质量（丁一涵　摄）

作人员，我会根据您的需求推荐厂家和您联系，我不会收你们双方一分钱，但我们永年厂家产品有任何质量问题，您都可以向我投诉，我们会第一时间解决。"

赵杰报曾开玩笑地说："我也是个打工仔，这个园区里的所有企业都是我的老板。"玩笑的背后，是中国标准件之都——永年 300 亿元人民币的年产值。

广东大朗镇副镇长曾悦透露，"全球每六件毛衣就有一件产自大朗。"改革开放"排头兵"广东早把目标定为"冲出亚洲，走向世界"。大朗的底气来自超过 8 亿件毛衣的年产量。

在当地政府的引领下，大朗已在世界 80 多个国家、地区对"大朗"和"大朗毛织"区域品牌进行注册，多次组织企业以"大朗毛织"为统一标识参加国际服装采购展、服装展以及中国针织博览会等纺织品展览会、交易会。

还有湖南邵东市，这个"打火机之都"。当地政府为了提高当地企业产品的国际竞争力，不仅打造出商检平台，更是投入运营"邵东智能制造技术研究院"这一公共服务平台，帮助企业完成转型升级。

浙江省慈溪市周巷镇之所以被称为"中国小家电硅谷",是因为当地政府早就意识到贴牌代工决不是长久发展之计。宁波慈溪小家电创新设计研究院的成立为当地小家电企业走上自主知识产权之路打下坚实技术基础。

当看到企业因为疫情面临招工难的问题时,当地政府马上出面联系劳务输出大省,用包车的方式解决企业用工荒问题。

中国伞都——福建晋江东石镇,随着用工成本不断上涨,旧有模式的优势已变为劣势。东石镇政府马上牵头组织调研,并提出了创新的解决办法。

东石镇政府通过加大对本土科研平台的扶持力度,在基础建设、人才引进、市场开拓、渠道建设、管理升级等多方面给予扶持,支持企业转型升级。

除了创新发展,东石镇对于当地伞业还有另一规划:完善渠道建设。东石镇副镇长许竞宇告诉我们,未来东石镇会引导企业在巩固外需的同时,通过电商销售、网红经济等形式开拓内需市场,实现销量增长。

他认为,政府助力企业发展一定要紧随时代变化。"比如 2020 年,为缓解疫情带来的冲击,我们加大了对中小微企业信贷支持及税费减免,并且为厂家配车接回外地工人复工复产,努力共同渡过难关。"

质量永远是企业立足市场之本。为严把质量关,山东省临沂市地方镇政府专门建立产品检测中心,确保出厂的罐头农残等各项数据优于国际指标。

山东大泽山镇已发展成为中国最大的睫毛产业集散基地。目前,大泽山镇的睫毛产业年产值可达 40 多亿元,占全国产量的 80%,全球产量的70%。

但对大泽山的假睫毛产业而言,他们的"野心"似乎远不止于此。在"大泽山制造"驰名全球的同时,如今的大泽山人正寄希望于打造"大泽山假睫毛"品牌。

这也与大泽山镇人民政府这一"大管家"的想法不谋而合。大泽山镇正不断加快实施"品牌战略"。在推进基础设施配套建设的同时,镇政府将加大行业的扶持力度,争取税收返还政策并规范企业运转。未来,大泽山

山东大泽山镇一家睫毛厂的女工正在将产品收纳进包装盒（蔡黄浩　摄）

镇计划进一步推进产业园区化发展，逐步形成辐射带动效应。

在中国牙刷之都——江苏扬州东郊杭集镇，杭集镇副镇长赵洪波告诉我们，在杭集，并没有"本地人"和"外地人"之分，无论是外来创业的管理人员，还是最基层的务工人员，来了就是杭集人。

大海航行靠舵手。每一个"了不起的小镇"能脱颖而出的背后，都离不开当地各级党委和政府的全方位赋能。面对企业发展中遇到的各种问题，各级党委和政府不断提高基本公共服务质量和效率，激励市场主体加快科技创新，通过各种政策措施支持实体经济发展。

未来，我们的实体经济会更加壮实，我们的小镇会更加了不起！

（原文刊登于东方网 2020 年 12 月 18 日）

科技创新是注脚更是号角

东方网·纵相新闻记者　高兴

财经作家吴晓波 3 年前有一个观点，影响挺大。他说，现在的中国出现了四大新红利，它们将成为中国今后一段时期发展的基础性红利。

这四大新红利分别为：新中产、新工匠、新技术、新居住。

虽然我们贯穿全年的这组《了不起的小镇》系列报道，初衷是为了探寻"全面建成小康社会"的目标达成时，中国产业特色小镇的日新月异，但现在回过头来总结时发现，这些了不起的小镇正好从某种程度上印证了这四大新红利的客观存在。

前两篇总结，我们深谈了追求产品质量极致的匠人精神给小镇发展提供的持续动力以及政府在小镇形成产业规模过程中的前瞻性规划与支撑性赋能。

最后这篇，要说一下科技创新对这些小镇发展产业的重要性以及对小镇未来的影响。

有些成功不易复制

吴晓波说的新技术红利，还有一个相对的旧技术。

那何谓旧？又何谓新呢？

这里的旧，就是指计算机信息技术为代表的第三次工业革命。新则是指下一次工业革命，包括今天已经能看到一些雏形的人工智能、生物技术、区块链、大数据、基因技术等等。

他认为，第三次工业革命带给我们的红利已经没有了，接下来所有的产业变革都不再是"信息不对称带来"的变革，而是重新回到了产品本身。

曹县大集镇演出服陈列车间（张俊学　摄）

　　怎么理解？给大家举个小镇的例子就清楚了。

　　山东省菏泽市曹县大集镇，这个小镇的拳头产品是演出服装。要买小朋友的演出服、广场舞服装、汉服，你上网一搜，基本上都出自那里：淘宝上的各类演出服，70% 的成交额来自曹县大集镇。

　　问题来了，为何这个小镇产生的演出服特别受大家青睐，它有什么得天独厚的优势吗？

　　实话实说，技术、原料，它都没有优势。

　　大集镇唯一的优势就是电商起步早。

　　多早？ 2009 年。这对一个山东偏远贫困的小镇来说，有点偶然，也有必然，但最终结果却是改变了这个小镇的发展历史。

　　其实，大集镇还有一个名字，一个让他们更加引以为豪的名字：淘宝小镇。曹县大集镇，是中国首批"淘宝镇"，所有行政村全部被评为"淘宝村"，也是山东省唯一一个"淘宝村"全覆盖的乡镇。

　　因为演出服是社会发展到一定阶段新派生出来的产品需求，实体店鲜有耳闻，多为买家定制，所以这是为电商量身定制的一款产品。

　　一旦有了订单，产业转了起来，形成规模经济，就有了良性循环。

今天，大集镇出产的演出服，质量是越来越好，种类是越来越多，因为更多人才、技术与资源在向那里倾斜。

在我们今年的采访中，电商几乎是所有小镇的标配，而这两年很火的直播带货，也已经有不少的尝试。

这就是旧技术革命带给小镇的发展机遇。其实只有短短的 10 年。但它抓住了。很难想象，如果再晚两三年接触电商，大集镇一定不会发展成现在的规模，甚至都不一定能这么快脱贫。

大集镇的成功在我们采访的所有小镇中，是一个孤例。利用信息不对称获得的巨大改革力已经不复存在，而且未来也很难看到了。

所以，未来的路怎么走，又聚焦回了产品本身。

有些优势不能久靠

小镇的采访使我们很容易想起"隐形冠军"这个词。

德国人赫尔曼·西蒙在《隐形冠军》一书中提到，享誉全世界的"德国制造"背后，是大量的"隐形冠军"企业。这些企业分布在德国的城市与乡村，他们可能不为老百姓所知，但在业内却享有盛誉。

"隐形冠军"企业聚焦的是一个狭窄细分市场，业务聚焦会使市场规模有限，而全球化则可以实现规模效益，因而，高度聚焦与全球化是隐形冠军不可或缺的两大支柱战略。

我们采访的这些小镇产品，也许还不能叫"隐形冠军"，因为绝大多数还是低附加值的产品，这与中国之前走世界工厂的发展道路有关。

我们举一个有点"国内隐形冠军"身姿的例子：湖南省临湘市的浮标。

浮标是钓鱼竿的重要组成部分，钓鱼者就是根据浮标给出的提示来收放鱼线。业内流传着这样一句话："威海的竿，临湘的标。"足见临湘浮标已经在国内的细分市场获得认同。国内每年浮标产业的规模在 40 亿元至 50 亿元人民币，而临湘拿去了 80%。

好的浮标，要禁得起水"泡"，同时要在水中保持稳定，又能在鱼咬钓

临湘市浮标生产车间（丁一涵　摄）

后比较灵敏。

临湘有得天独厚的原材料优势，因为这里产芦苇。而芦苇正是浮标的重要原材料之一。

从生产标准化的制定，到打磨车间无尘化处理，再到研发电子标、夜光标等适合不同钓鱼场景的新品类，尤其是研发浮标的新材料上，临湘是下功夫的。

因为他们知道，"隐形冠军"的江山，绝对不易守，必须不断地加强科学创新。芦苇是最靠得住的，但新材料一来，反而却是最致命的拖累。

这就是"隐性冠军"的苦处，活得潇潇洒洒，不用承担名声的负担，但死起来，也可能悄无声息，说完就完。

有些竞争不敢懈怠

我们在采访小镇中发现，越是门槛低竞争激烈的行业，他们的科技创新劲头越是大。

比如小小一个打火机，在湖南全世界最大的打火机生产企业东亿电气，它也有20多个打火机外观专利与10个设计发明专利；又比如在灯饰之都——广东中山古镇镇，最近短短 4 年内，这个小镇的专利申请量与专利授权量分别达到了 67439 件与 57113 件。

在这些创新中，设计创新占了绝大多数。但另一个科技创新也非同小可，那就是生产线改造。

比如东亿电气的打火机自动化生产线。一个打火机有 12 道工序、30 多个零配件、16 项测试标准，想要实现自动化生产，其实面临很大挑战。花了几年时间外加数千万元完成智能生产线改造后，东亿电气的人力少了90%，日产打火机却增长了 4 倍，达到日均 400 万个。

在"中国伞都"福建晋江东石镇，因为新技术与新设备的投入使用，2016 年以来全镇企业用工量减少 30% 以上。

因为如果没有规模化效率化的生产，来自国际的订单很容易就会被用工成本更低的东南亚国家抢走。

中国是幸运的，有这么大的国内消费市场，尤其是 2020 年新冠疫情在全世界肆虐的情况下，中国因为疫情控制得当，不但自己率先复工复产使得国内社会保持稳定，还给全球防病抗疫与正常运转提供了巨大的支持。

结束语

我们 2020 年走过的这些小镇，只是中国通过产业链发展奔小康中极小极小的一部分，但从他们身上，我们看到了科技创新留下的美妙注脚，更听到了科技创新响起的雄壮号角。

在 2020 年中央经济工作会议上，中央就多次提到科技创新的重要性。这才是未来核心的竞争力。

美国贸易委员会主任纳瓦罗曾在福克斯新闻中公开表态：中国做低端我们挺满意的，后来他们做中端我们也可以接受，但是他们现在要做高端，我们坚决反对……

一想起这番话，就啥也别说了，捋起袖子好好干吧。

（原文刊登于东方网 2020 年 12 月 19 日）

图书在版编目(CIP)数据

大国小镇:探访 21 个中国经济新引擎/高兴主编;
本书编委会编. —上海:上海人民出版社,2021
ISBN 978 - 7 - 208 - 17086 - 5

Ⅰ.①大… Ⅱ.①高… ②本… Ⅲ.①新闻报道-作
品集-中国-当代 Ⅳ.①I253.3

中国版本图书馆 CIP 数据核字(2021)第 077557 号

责任编辑 曹怡波　丁　辰
美术设计 李　易　陈子鸣
封面装帧 夏　芳

大国小镇
　　——探访 21 个中国经济新引擎
高　兴 主编
本书编委会 编

出　　版　上海人民出版社
　　　　　(200001　上海福建中路 193 号)
发　　行　上海人民出版社发行中心
印　　刷　常熟市新骅印刷有限公司
开　　本　720×1000　1/16
印　　张　19.5
插　　页　4
字　　数　273,000
版　　次　2021 年 6 月第 1 版
印　　次　2021 年 6 月第 1 次印刷
ISBN 978 - 7 - 208 - 17086 - 5/F·2692
定　　价　128.00 元